Anónimo

Falla com que o Exm. Snr. Doutor Antonio de Almeida Oliveira abriu a Sessão extraordinaria da Assembléa Legislativa Provincial de Santa Catharina em 2 de janeiro de 1880

Antigonos

Anónimo

Falla com que o Exm. Snr. Doutor Antonio de Almeida Oliveira abriu a Sessão extraordinaria da Assembléa Legislativa Provincial de Santa Catharina em 2 de janeiro de 1880

Reimpressão sem alterações da edição original de 1880.

1ª edição 2024 | ISBN: 978-3-38690-533-6

Antigonos Verlag é um selo de Outlook Verlagsgesellschaft mbH.

Verlag (Editora): Outlook Verlag GmbH, Zeilweg 44, 60439 Frankfurt, Deutschland
Vertretungsberechtigt (Representante autorizado): E. Roepke, Zeilweg 44, 60439 Frankfurt, Deutschland
Druck (Impressão): Libri Plureos GmbH, Friedensallee 273, 22763 Hamburg, Deutschland

FALLA

com que

o Exm.º Snr.º Doutor

Antonio de Almeida Oliveira

abriu a sessão extraordinaria da Assembléa

Legislativa Provincial

DE

SANTA CATHARINA

em 2 de Janeiro de 1880.

CIDADE DO DESTERRO

TYP. E LITH. DE ALEX. MARGARIDA. RUA DE JOÃO PINTO N. 28

1880.

Senhores Deputados á Assembléa Legislativa Provincial.

Tendo a distincta honra de ser, por carta Imperial de 15 de Março do anno findo, nomeado Presidente d'esta Provincia, a 18 de Abril seguinte tomei posse da sua administração perante a Camara Municipal d'esta cidade.

Comparecendo aqui para informar-vos dos negocios publicos, bem como das necessidades, cuja satisfação deveis promover, seja-me licito antes de tudo felicitar a provincia pelo facto da vossa reunião, a qual nada menos exprime que uma volta as practicas constitucionaes esquecidas durante quasi trez annos, e com ella manifestar-vos as lisongeiras esperanças por todos depositadas no esclarecido zêlo e patriotismo dos cidadãos chamados a gerir o mandato legislativo no biennio de 1880 á 1881.

FAMILIA IMPERIAL

S. S. M. M. Imperiaes passão sem alteração em sua saude.

Além da saude do Snr. Principe do Grão Pará continuão S. S. A. A. I. I. á residir na Europa.

Sessão extraordinaria

Como vereis da exposição que passo a fazer-vos muitos e variados são os interesses publicos que á mingoa de acertadas medidas legislativas estão votados à funesto abandono.

A instrucção publica, as finanças da provincia, a lavoura, a industria, todos os élos, em summa, da grande cadeia pela qual recebem os povos o benefico impulso da acção governamental, apresentão estado, cujos desanimadores symptomas confrange-me o coração desde que assumi o exercicio das minhas funcções.

E fóra de toda a duvida é que outra cousa não podia provir do longo interstício legislativo que acaba de findar, e que ficará para sempre registrado como epocha de regresso e, permitti a franqueza, injustificavel suicidio.

Se as necessidades publicas varião com as causas a que se ligão, e como estas de um momento para outro podem originar imprevistos acontecimentos pelo simples facto de não serem logo curadas com efficazes remedios, ninguem poderá conceber como á um povo regido pelo systema representativo seja possivel passar tamanho lapso de tempo sem o periodico influxo do poder que é para o mundo politico o mesmo que o sol e a chuva para o mundo physico. E' a administração que faz as vezes da providencia, removendo todos os males e promovendo todos os bens á tempo e á hora.

Mas é o poder legislativo, que inspirando-se na experiencia e practica de todos os dias, observando os movimentos, seguindo a marcha, consultando as tendencias, medindo as forças, prescrutando os pulmões do corpo social, prevê suas necessidades, estuda os meios do satisfazel-as e decreta o sol e a chuva, que o governo faz apparecer na occasião opportuna. E' a machina administrativa que transforma a sociedade, dando-lhe compleição, habitos e gosos proprios de povos cultos. Mas é o poder legislativo, no qual reside o pensamento e a consciencia da sociedade, que vota o combustivel necessario á expansão e livre jogo d'essa machina, vendo a força de que os apparelhos são capazes, e procurando gradual-a conforme as circumstancias do tempo. Notando, pois, logo no dia em que me transmittiu o poder o meu distincto antecessor, a longa serie de trabalhos, que esperavam a reunião do corpo legislativo, comprehendi a indeclinavel necessidade de apressar a mesma reunião, e pedir-lhe uma sessão extraordinaria, em que fossem antes de tudo tomadas as medidas que reputo mais urgentes.

E'a despeza d'esta sessão mais um sacrificio para a provincia; mas além de qué muitos bens pode ella produzir, accresce haver tanta cousa a fazer-se que, sem recurso ás prorogações, não poderieis tractar de tudo na sessão ordinaria.

Quaes sejão as medidas mais urgentes não é preciso que o governo vos diga. As leis annuas sempre foram e são aquellas que os parlamentos cuidão de confeccionar em primeiro lugar.   Mas aqui sobe de ponto a sua importancia, á vista das condições, em que se acha a provincia.   Sendo as ultimas votadas no anno de 1877, e não podendo ellas sem prejuizo continuar em execução, taes e quaes foram feitas, das informações que posso accrescentar ao conhecimento que tendes das cousas publicas, vereis quanto convém que as resoluções destinadas a substituil-as sejam esboçadas, descutidas e votadas na ausencia de preoccupações de outra natureza.

Ainda um grande e momentoso interesse póde ser objecto d'esta sessão, caso sóbre tempo do praso de 20 dias que julgo bastante para os vossos trabalhos. E'a instrucção publica que, como sabeis, se prende á lei dos meios e que, muito sinto dizel-o, rege-se por leis que não podem subsistir sem comprometter o futuro de um povo fadado para os destinos, que a natureza reserva a esta bella provincia.

Senhores

Estando proxima a reunião-ordinaria, e parecendo-me que não podeis bem resolver sobre os urgentes assumptos que offereço a vossa consideração sem conhecerdes o verdadeiro estado da provincia sob os diversos pontos de vista, em que elle deve ser encarado, não me limitarei a vos communicar o pensamento do governo só no tocante aos referidos assumptos.

Procurarei informar-vos de tudo quanto possa contribuir para que façais obra digna do civismo que folgo de reconhecer nos cidadãos a quem tenho a honra de me dirigir.

Segurança e tranquillidade publica.

Não posso recusar á pacifica e ordeira indole do povo catharinense o elogio, de. que n'este ponto se torna credor.

Ha mais de oito mezes que aqui me acho, e durante esse tempo nenhuma alteração soffreu a ordem e tranquilidade publica.

Folgo mesmo de registrar que, sobre ser pequena a escala da criminalidade, e nenhum crime ter posto a provincia em alarme, dentre quantos tem sido praticados e vereis do relatorio do digno Dr. Chefe de Policia, nenhum encontro que denote perversidade ou malvadez susceptivel de especial mensão.

Raros e sem gravidade material ou moral tem sido os crimes mencionados n'aquelle relatorio, e esses mesmos em quanto não pudermos contar só com o salutar effeito da instrucção, que fareis por desenvolver, è de presumir que se não reproduzão, attenta a repressão que soffreram e a vigilancia em que se mantem a policia.

Com relação ao assumpto cabe-me ainda dizer-vos que tem havido alguns ataques de bugres nos lugares por elles mais frequentados, não sendo felizmente nenhum de maior consequencia.

Para os afugentar dos mesmos lugares tomei as medidas do costume: recorri aos battedores de matto.

E' pena que até hoje não se tenha procurado chamar esses infelizes ao seio da civilisação. Mas confio que olharcis para esse interesse, e espero que o mesmo faça o Governo Geral a quem já pedi providencias para iniciar aqui o serviço da catechese e civilisação dos indios.

Acredito que, se em vez de hostilisar-se o selvagem, arraigando em seu espirito a crença de que somos seus inimigos, estabelecer-se um aldeiamemto destinado a inspirar-lhe outras ideias e instruil-o das vantagens da vida social, ganhará o trabalho esses braços que se perdem no seio das florestas, e não mais serão os viajantes victimas das correrias que tão perigoso tornão o transito de algumas estradas da provincia.

Saude Publica.

Extincta a variola que appareceu aqui no princípio do ultimo anno, o estado sanitario d'esta capital é quanto possivel satisfactorio.

Quanto possivel, digo, porque não podem deixar de influir maleficamente na saude publica, os cursos d'agua, que cortão a cidade, e apezar de toda a vigilancia, não se conservão no aceio precizo.

Igualmente contribue para corromper o ar e produzir enfermidade, o estado em que se acha a *Praia do Menino Deus.*

Terreno exposto ao fluxo e refluso das marés, com os detritos animaes e vegetaes que ali se depositão, mau grado a postura municipal que o prohibe, tem essa praia se tornado um fóço de miasmas para o qual peço a vossa attenção.

Póde remover o mal um aterro que conquiste ao mar uma parte do seu dominio, e tanto mais conveniente fôra emprehender-se essa obra quando é certo que o novo terreno prestar-se-hia para um passeio publico ou para dar novas ruas á cidade, e de uma ou de outra fórma embellezar aquelle lado da capital.

Escuso declarar porque, assim fallando, nada tentei á semelhante respeito.

Exigindo o aterro uma somma crescida não devia começal-o sem certeza de concluil-o, o que seria impossivel, se não pelo estado financeiro da provincia, pela circunstancia de absorver aquella despeza quasi toda a verba *Obras Publicas.*

Devo ainda dizer-vos que o custo do aterro não é obstaculo que senão possa vencer.

Decretando elle para ser feito aos poucos, mediante verba especial a isso destinada, uma vez tomadas as precisas cautelas para que a obra de um anno senão inutilise em quanto espera a de outro, as aguas irão pouco e pouco recuando, e talvez em menos de 10 annos, esteja a obra concluida, sem motivar maior sacrificio.

Nem só na Capital reinou a variola o anno passado.   Na Laguna e na Colonia Itajahy tambem ella se manifestou, felizmente em casos que não tiverão larga reproducção.

Finalmente em Lages e Baguaes, durante os mezes de Maio a Agosto reinaram febres typhoides com caracter epidemico, que não deixaram de fazer algumas victimas,

Tendo tomado as providencias que podia para soccorrer os indigentes accommettidos do mal, foi este promptàmente combatido, de modo que salvaram-se quasi todos os enfermos, e não tardou a Camara Municipal d'aquella Cidade, bem como o respectivo Delegado de Policia, a participar-me a extincção da epidemia.

Durante esta crise prestou à provincia relevantes serviços o pharmaceutico Zeferino José da Silva, a quem mandei que a Camara se dirigisse para applicar aos doentes os precisos remedios, e que para logo accedeu ao pedido do Governo.

Nos ultimos dias do anno houve alguns casos de camaras de sangue na Colonia Itajhay, sendo todos os doentes logo soccorridos pelos medicos da mesma colonia.

Hospitaes.

Tanto na Laguna como em Itajahy, tracta-se da construcção dos hospitaes, para que votaram fundos as Leis Provinciaes N.ºˢ 423 de 14 de Maio de 1856 e 614 de 4 de Maio de 1869, restauradas pela de n° 784 de 23 de Março de 1876.

As obras do primeiro estão a cargo dos cidadãos Joaquim José Pinto d' Ulysséa, Dr. Francisco José Luiz Vianna, Francisco Izidoro Rodrigues da Costa, Manoel Monteiro Cabral, Antonio Fernandes Vianna e Custodio José de Bessà, para isso constituidos em commissão nomeada em reunião popular havida em Agosto ultimo.

As do segundo que serão brevemente começadas, tem para dirigil-as uma commissão composta dos Srs. Dr. Ernesto Pinto Lobão Cedro, Padre João Rodrigues d'Almeida, Antonio Vicente Haendchen e José Mauricio Lopes da Silva.

A commissão encarregada das obras do primeiro, pedio-mo em 25 de Agosto ultimo, que approvado o plano por ella remettido, se lhe entregasse o auxilio de rs. 5:000$000, votado pela Lei N° 841 de 3 de Maio de 1877.

Ainda não se fez entrega d'essa quantia por não ser ella sufficiente para a construcção do predio, que tem de ser coadjuvada com donativos particulares já subscriptos no valor de rs. 11:197$000, que mandei primeiro realisar.

Quanto ao de Itajahy, o qual foi durante muito tempo embaraçado pela questão de preferencia suscitada entre dous lugares propostos, e que só ultimamente se poude resolver com a compra que auctorisei de outro local, conto que chegarão os fundos já existentes na importancia de 14: 959 $ 161 réis.

O terreno que se vai adquirir custará um conto e quinhentos mil réis, terá 60 metros de frente com os fundos que se acharem até a cachoeira proxima, e segundo opinião de distinctos profissionaes, é o melhor que se podia desejar sob qualquer ponto de vista.

O Hospital de caridade de São Francisco Xavier do Sul, cuja administração é confiada a Meza da Ordem 3ª de S. Francisco da Penitencia, occupa uma casa de propriedade do mesmo hospital, que offerece accommodações para 25 a 30 doentes mas que, por falta de meios, só pode receber até 15.

A receita d'este hospital importou em 3 : 491 $ 725 réis e a despeza em 3 : 240 $ 599 r⁴, sommando o saldo existente do anno anterior com o do presente exercicio até 31 de Outubro em 1:734$099 rs.

A receita proveio dos juros de apolices geraes e provinciaes, da quota de 1: 000 $ 000 réis votada por lei provincial e da etapa dos marinheiros.

A administração d'este hospital reitera a reclamação anteriormente feita da quantia de Rs. 2:666$672 a que se julga credora em virtude da Lei Nº 731 de 6 de Maio de 1874.

Do Imperial Hospital de Caridade d'esta capital dir-vos-hei o seguinte:

Acha-se este hospital á cargo da Irmandade do Senhor Bom Jesus dos Passos, do que é Provedor o Doutor Joaquim Augusto do Livramento.

A receita do hospital, de Junho de 1878, até ultimo de Setembro do anno passado, montou em 28:804$246 réis incluindo 819$075 réis entregues pelo ex-Thesoureiro.

A despeza no mesmo periodo foi de 29:137$000 réis inclusive pagamentos feitos de dividas anteriores na importancia de 4: 371 $ 270 réis e compra ao par de uma apolice da divida publica geral.

Foram durante esse periodo realisadas diversas obras não só no proprio edificio como na casa que serve de enfermaria de mulheres, na construcção e reconstrucção de muralhas, de dous ranchos nos fundos do edificio e em reparos e concertos diversos.

A differença de 332$754 entre a receita e despeza, não é na realidade um deficit, por que a receita do mez de Setembro só será recebida e escripturada no mez seguinte, além de haverem quantias, que devião ser arrecadadas ate fins de Outubro ou Novembro calculando-se que, em vez d'este apparente deficit, é possivel dar-se o saldo de um conto de reis.

Comtudo a receita verificada e a calculada não é permanente, por que algumas fontes de renda n'este anno cessão e outras podem diminuir.

Entretanto este pio estabelecimento presta relevantes serviços ao estado nas epochas de epidemia, e tem constantemente exercido a caridade no mais alto grau Assim é que em 1º de Janeiro de 1878 existião em tratamento 62 enfermos, entraram durante o anno 315, e foram ao todo tractados 377.

D'estes, erão nacionaes 141 homens e 73 mulheres; estrangeiros 81 homens e 18 mulheres; escravos 3,tiveram alta, nacionaes 117 homens e 51 mulheres; estrangeiros 73 homens e 14 mulheres; falleceram 74, sendo nacionaes, homens 31 mulheres 28, estrangeiros homens 8, mulheres 7.

A mortalidade foi de 19 6/10. Tem estado o serviço medico à cargo do Dr. Pedro Gomes de Argollo Ferrão.

Continúa annexo ao mesmo hospital o azylo das orphaãs,onde são actualmente vestidas e tractadas 11 meninas dirigidas por uma Directora, estabelecimento que se acha individado pela escacêz de meios para occorrer as respectivas despezas

Em 1875 foi votada por esta Assembléa a quantia de 5:000$000 rs. annuaes para o azyló, mas a Lei Nº 841 de 3 de Maio de 1877 reduziu essa verba a 2:400$000 rⁱ, que não é bastante para alimentar e dar educação ao numero de aziladas então e ainda hoje existentes.

Acha-se tambem á cargo d'este hospital a creação dos expostos, instituição igualmente empenhada e sem meios de pagar suas dividas por falta de recursos, pois pela Lei do orçamento em vigor só foi destinada para a creação dos expostos a quantia de 1:200$000 réis.

Existem ali sustentados á custa do hospital 30 decrepitos, aleijões e doentes de molestias incuraveis, que não pódem procurar meio algum de subsistencia.

Tendo em vista os servicos prestados a humanidade por este pio estabelecimento, torna-se elle digno de vossa attenção, e eu a peço na certeza de que lhe dispensareis maiores auxilios.

Vem aqui a proposito dizer-vos que em cumprimento do art.º 33 n.º 3 da Lei N.º 818 de 1º. de Maio de 1876, tenho querido contractar com o Provedor do Imperial Hospital de Caridade o preparo de commodos a que mediante razoavel diaria sejão recolhidos os doudos aqui existentes, que até hoje tem sido enviados para a Fortaleza de Santa Cruz, onde não se lhes póde dispensar os cuidados, de que necessitão.

As circumstancias do Thesouro, porem, ainda não me permittiram emprehender esse serviço.

A construcção de que acabo de fallar acha-se entretanto delineada e orçada pelo Engenheiro Tenente Coronel Sebastião de Souza e Mello, segundo o qual a despeza não passará de 6:691$300 rs.

Para essa obra, que se não mandardes o contrario,contractarei apenas puder, já tem o hospital adquerido alguns materiaes, que sem duvida facilitarão o rapido andamento d'ella.

Declaro-vos por ultimo que existindo em deposito a quantia de 12:826$575 rs. destinada a constituir o patrimonio dos Hospitaes da provincia, não mandei, segundo as lei em vigor, com ella comprar apolices da divida publica por estarem esta acima do par, e dispôr a Lei N°. 553 de 24 de Março de 1865 que só ao par sejão ellas compradas.

O hospital da Laguna possue já 20 apolices da divida publica nacional na importancia de 20:000$000 rs. e seis provinciaes no valor de 2:000$000 rs.

Secretaria do Governo.

Tendo solicitado e obtido a sua exoneração do cargo de Secretario do Governo o Bacharel Manoel Ventura de Barros Leite Sampaio, foi nomeado para substituil-o o Bacharel José Vianna Vaz, o qual até hoje não se apresentou para entrar em exercicio.

Por essa rasão tem servido de Secretario interino o Chefe da 1ª secção Julio Caetano Pereira, que desempenha perfeitamente as respectivas funcções.

No pessoal d'esta Repartição não houve alteração alguma: apenas concedi uma licença de um mez ao Amanuense da 1ª secção Camillo Cardozo da Costa, para tratar de sua saude na forma da lei.

E'de justiça declarar que estou muito satisfeito com o pessoal da Secretaria; e sinto serem exiguos os seus vencimentos.

De acôrdo commigo no que acabo de dizer consagrou o ex-Presidente Doutor Lourenço Cavalcanti de Albuquerque, no seu relatorio algumas considerações para as quaes peço a vossa attenção.

Secretaria da Policia e Agentes Policiaes.

Sendo á seu pedido dispensado do cargo de chefe de Policia o Dr. Augusto Lôbo de Moura, foi nomeado para substituil-o o Dr. José Joaquim Fernandes Torres, que tomou posse em 15 dé Maio, e no intervallo da exoneração do primeiro e chegada do segundo servio o digno Juiz de Direito d'esta cidade Dr. José Segundino Lopes de Gomensôro, á quem ainda hoje renovo os elogios de que então se fez credor.

No Dr. Fernandes Torres, com a intelligencia, zelo e actividade que põe ao serviço do seu cargo, tem a minha administração encontrado um auxilio acima de todo o louvor.

Do pessoal que coopera com o Dr. Chefe de Policia, quer na respectiva Secretaria, quer no exercicio dos cargos policiaes, é justiça dizer-se que todos se mostrão zelosos no cumprimento dos seos deveres.

As alterações por mim feitas no pessoal da policia são as seguintes, todas ou quasi todas motivadas pela difficuldade que ha de achar-se quem queira servir.

Exonerações.

CIDADE DA LAGUNA

Delegado—Herculano José de Sá Almeida Lobão.

1° Supplente—Manoel Carneiro Pinto.
2° Dito—Manoel Gonçalves da Silva Barreiros.

LAGES

Subdelegado.
3° Supplente—Joaquim Morato do Canto.
2° Dito—Leovigildo Pereira dos Anjos.

DISTRICTO—Braço do Norte,

Subdelegado.
1° Supplente—Vasco Fernandes de Oliveira
2° Dito—Antonio Martinho de Mendonça.
3° Dito—Mathias Meira.

COLONIA ITAJAHY.

Subdelegado—José Faustino Gomes.

COLONIA ANGELINA

Subdelegado,
1° Supplente—Miguel Leopoldo Lima.

BAGUAES

Subdelegado—Bernardino Antonio da Silva e Sá
2° Supplente—João Antonio de Moraes.
3° Dito—Manoel Subtil de Oliveira.

S. PEDRO APOSTOLO

Subdelegado—Polydoro Dias de Moura.
2° Supplente—Vidal José Pereira de Jesus.
3° Dito-Elesbão Antunes Lima.

LAGES

Subdelegado
2° Supplente—Francisco do Amaral.
3° Dito—João Galdino Ribeiro.

S. MIGUEL.

Delegado—Francisco Gonsalves da Luz.

ARRAIAL DA PALHOÇA.

Subdelegado—João Francisco de Souza Costa.
1° Sulpplente—Manoel Pereira de Mattos
2° Dito—Custodio Ricardo Borne
3° Dito— Nicolau Simão Sobrinho.

LAGUNA.

Delegado—Alexandre Marschmer Hiarupe.

IMARUHY

Subdelegado.

  1° Supplente—Serafim José da Silva Mattos.

CAPITAL.

Delegado—Manoel José Soares.

  1° Supplente—Felix Lourenço de Siqueira.

S. PEDRO D' ALCANTARA.

Subdelegado

  3° Supplente—Constancio Pereira dos Santos.

S. MIGUEL

Delegado—Candido Machado Severino.

S. SEBASTIÃO

Delegado—Antonio de Castro Gandra.

S. PAULO DE BLUMENAU.

Subdelegado.

  1° Supplente—Julio Bamgarten.

  2° Dito—Francisco Lungershausen.

  3° Dito—Carlos Friedenrich.

IMARUHY

Subdelegado.

  3° Supplente—Marcos Luciano dos Santos.

CAPITAL.

Delegado—Joaquim Jose Dias de Siqueira

S. PEDRO D' ALCANTARA

Subdelegado.

  3° Supplente—Pedro Estephano Koerich.

CAMPOS NOVOS

Subdelegado—Pedro Carlos Estephan.

S. BENTO.

Subdelegado—Eduardo Augusto de Noronha.

ARARANGUÁ

Subdelegado.

  2° Supplente—Porfirio Lopes de Aguiar.

  3° Dito— Victor Pereira Nunes.

Nomeações.

COLONIA ITAJAHY

Subdelegado—Manoel Ladislau Aranha Dantas,

COLONIA ANGELINA

Subdelegado.
1º Supplente—Alcibiades José da Costa Bastos.

DISTRICTO-CAMPO BOM

Subdelegado—João Francisco Pereira.
1º Supplente—Luiz Francisco Pereira.
2º Dito—Cypriano de Souza d'Avila.
3º Dito—Julio Francisco Pereira.

S. SEBASTIÃO

Delegado—José Joaquim Gomes.

S. PAULO DE BLUMENAU.

Subdelegado—Diogo Garcez Palha.
1º Supplente—Julio Baungarten.
2º Dito—Francisco Laungershausem.
3º Dito—Henrique Trohwer.

LAGES

Delegado.
1º Supplente—João Coelho d'Avila.

BAGUAES

Subdelegado—Boaventura do Amaral Varella.

CAMPOS NOVOS.

Subdelegado—Francisco Alves de Carvalho.

S. BENTO.

Subdelegado—Herminigildo José dos Passos.

ARARANGUÁ

2º Supplente—Ludovino Pereira de Santa Helena.
3º Supplente—José Ignacio Aureliano da Silva.

JOINVILLE

2º Supplente—Ludolpho Schullz.

Administração da Justiça.

E' a provincia, como sabeis, dividida em 9 Comarcas e 12 Termos que occupão 9 Juizes de Direito e 8 Municipaes formados.

Durante a minha administração o movimento havido n'este ramo do serviço foi:

I

Juizes de Direito.

Tendo o bacharel José Joaquim Fernandes Torres tomado posse do cargo de Chefe de Policia, no dia 15 de Maio, na mesma data reassumio o exercicio do cargo de Juiz de Direito da Capital, o Dr. José Segundino Lopes de Gomensoro, que desde 3 de Abril se achava no exercicio do primeiro.

O Juiz de Direito removido para a Comarca de Coritibanos, Bacharel Cassiano Candido Tavares Bastos, tomou posse do seu cargo, no dia 9 de Abril.

Em 2 de Maio o Bacharel José Ferreira de Mello, Juiz de Direito da Comarca do Tubarão, reassumio o exercicio de seo cargo, renunciando o resto da licença que por motivo de molestia lhe fôra concedida em 4 de Fevereiro do mesmo anno.

O Juiz de Direito da Comarca de São José, Bacharel Manoel de Azevedo Monteiro, reassumio o exercicio de suas funcções no dia 21 de Agosto, renunciando o resto da licença com que se achava.

No dia 8 de Setembro o Juiz de Direito da Comarca da Laguna, Bacharel Manoel do Nacimento da Fonseca Galvão, entrou no gôzo da licença de trez mezes que lhe foi concedida, para tractar de sua saude, deixando em exercicio o respectivo substituto Bacharel Francisco Izidoro Rodrigues da Costa.

II

Juizes Municipaes.

Tendo o Bacharel Amancio Concesso de Cantalice concluido em Abril o quatriennio para que foi recondusido no cargo de Juiz Municipal e de Orphãos do Termo de S. Miguel, por Decreto de 3 de Abril de 1875, foi nomeado para o referido cargo o Bacharel Jose Virgolino Corrêa de Queiroz, que já se apresentou a tomar posse, em 3 de Novembro.

O Bacharel Mathias Joaquim da Gama e Silva tomou posse, no dia 21 de Maio, do cargo de Juiz Municipal e de Orphãos do Termo do Tubarão, para que foi nomeado em substituição do Bacharel Thomaz Argemiro Ferreira Chaves que pedio exoneração.

A' 19 de Maio, o Bacharel Antonio Augusto da Costa Barradas, Juiz Municipal d'esta Capital, entrou no gôso de trez mezes de licença que lhe forão concedidas pela presidencia, e á 20 de Setembro reassumio o exercicio de suas funcções, desistindo do resto da licença que lhe foi concedida pelo Governo Imperial.

O Bacharel João d'Aguiar Telles de Menezes, Juiz Municipal do Termo de Itajahy, esteve doente nos dias 3 e 4 de Setembro e no dia 5 entrou no goso da licença de trez mezes concedida pela Presidencia.

Por Decreto de 7 de Maio, foi nomeado Juiz Municipal e de Orphãos do Termo de Coritibanos, o Bacharel Lycurgo de Albuquerque do Nascimento, que ainda não tomou posse do cargo.

III

Juizes Municipaes e Supplentes.

Representando o 2º Supplente do Juiz Municipal e de Orphãos do Termo de Joinville, em Officio de 12 de Abril do corrente anno, acerca de achar-se impedido de exercer as suas funcções por mais de um anno, o 1º Supplente Major Francisco Antonio Vieira, o que foi confirmado pelo Doutor Juiz de Direito da Comarca, a quem se ouvio a respeito, foi por acto de 28 de Maio ultimo, á vista do disposto no art. 6º § 1º do Decreto nº 4824 de 22 de Novembro de 1871, exonerado o referido cidadão do cargo de 1º Supplente do Juiz Municipal do Termo de Joinville, passando a exercer este cargo o 2º Supplente Frederico Lange e o de 2º e 3º Supplentes Frederico Heeren, sendo tambem nomeado para o cargo de 3º Supplente o cidadão Victorino de Souza Bacellar.

Por Acto de 23 de Setembro foi exonerado a seu pedido o cidadão Nicolau Malbury do cargo de 1º Supplente do Juiz Municipal e de Orphãos do Termo de Itajahy e passou a servir em 1º lugar o 2º Supplente José Henrique Flores e em 2º o 3º Supplente José da Silva Mafra.

IV

Promotores Publicos.

Por acto de 30 de Abril foi demittido á bem do serviço publico, do cargo de Promotor Publico da Comarca de Lages, Pedro José Leite Junior, remettendo-se na mesma data, ao respectivo Juiz de Direito, para proceder como posse de direito, não só copia do acto, mas tambem todos os documentos relativos a accusação que lhe fôra feita.

Em data de 17 de Maio, foi removido para a Comarca de Lages, o Promotor Publico da de Coritibanos João Baptista Galvão de Moura Lacerda.

Tendo o Bacharel Herculano Maynarte Franco, Promotor Publico da Comarca do Tubarão, entrado no dia 10 de Julho no goso da licença de trez mezes que lhe fôra concedida, reassumio o exercicio de suas funcções á 28 do mesmo mez, renunciando o resto da referida licença.

O Promotor Publico da Comarca da Laguna, Thomaz Heraclyto Caldeira de Andrade, esteve doente de 26 de Agosto á 2 de Setembro, entrando no dia 3 no goso de trez mezes de licença que lhe forão concedidos para tractar de sua saude.

Ao Promotor Publico da Comarca de S. José, Antonio Augusto Vidal, foi concedido um mez de licença sem vencimento, para ir á provincia do Rio Grande do Sul, tractar de seos interesses, entrando o mesmo, no goso da licença, em 30 de Setembro.

Em data de 14 de Outubro declarei sem effeito os actos de 17 de ¡Maio ultimo, pelos quaes fôra removido o Promotor Publico João Baptista Galvão de Moura Lacerda, da Comarca de Coritibanos para a de Lages, e nomeado Promotor para aquella Comarca, o Cidadão Francisco Xavier de Oliveira Camara.

Por Acto de 24 de Outubro foi nomeado Promotor Publico da Comarca de Lages o Cidadão Antonio Ricken de Amorim.

Por Acto de 10 de Dezembro, resolvi exonerar á seo pedido, o cidadão João Baptista Galvão de Moura Lacerda, do cargo de Promotor Publico da Comarca de Coritibanos e nomear para o substituir o cidadão Firmino José Alves Gondim.

V

Officios de Justiça

Por acto de 16 de junho nomeei o cidadão Fernando Gomes Caldeira de Andrada para servir provisoriamente o officio de 1º Tabellião do Publico Judicial e Notas e Official do Registro das Hypothecas do Termo d'esta Capital, vagos pelo fallecimento do serventuario victalicio Juvencio Duarte Silva.

Por Aviso do Ministerio da Justiça de 27 de Setembro foi nomeado para servir o officio de Tabellião do Publico Judicial e Notas do Termo de S. Sebastião de Tijucas, o cidadão Alexandre Martins Jacques, o qual tinha sido por Acto d'esta Presidencia de 16 de Junho nomeado provisoriamente para exercer aquelle officio.

Por portaria de 15 de Dezembro concedi á Estacio Borges da Silva Mattos, Tabellião do Publico Judicial e Notas do Termo de Coritibanos, 3 mezes de licença para ir á cidade da Laguna tratar de sua saude.

Em Aviso de 10 de Setembro ultimo declarou o Exmo. Sr. Ministro da Justiça, que para poder resolver sobre o officio de Escrivão de Orphãos e ausentes do Termo de Itajahy, actualmente servido por Francisco Xavier Luiz Búchelle, julgado inhabil para continuar a exercel-o, houvesse esta Presidencia não só de exigir que o respectivo curador prove os bons serviços do serventuario demente e a falta de outro meio de subsistencia, na conformidade do Decreto nº 1293 de 16 de Dezembro de 1853, mas tambem de propôr pessoa idonea para successor nos termos do artigo 1º § 2º do Decreto nº 4683 de 27 de Janeiro de 1871.

Corpo Policial.

Pela Lei N° 720 de 6 de Maio de 1874, que ainda esta vigorando, foi decretado o numero de 190 praças divididas em duas Companhias de Infantaria e uma secção de Cavallaria.

Nunca, porem, o numero de praças attingiu ao estado completo, sendo causa principal d'esse facto não corresponderem seus vencimentos aos salarios que geralmente percebem os jornaleiros applicados a qualquer outro genero de trabalho.

E' portanto, necessario augmento de vencimentos, sob pena de não preencher-se o numero, nem jamais contar o governo com uma boa policia, pois faltão 87 praças para o estado completo do Corpo, e muito difficil tem sido conseguir o effectivo de 103, das quaes deduzindo-se as occupadas no quartel, doentes, presas correccionalmente, licenciadas etc., resta pequeno numero para destacamentos, deligencias, guardas de repartições, theatro, jury, patrulhas, faxinas e outros serviços.

Para acudir a todas estas necessidades é muitas vezes preciso dobrar o serviço, pelo que o numero de praças decretado para o anno de 1880 a 1881; não deve ser o da Lei actual, mas outro menor 122 proponho eu-uma vez que sejam bem remuneradas a fim de chegar ao estado completo.

Este numero será sufficiente se não faltar o auxilio da tropa de linha aqui estacionada. Mas podendo ser esta retirada, ou diminuido o seu numero, convem ficar o governo auctorisado a augmentar o quadro fixado até um certo limite.

No intuito de facilitar os engajamentos, auctorisei alguns nos municipios de fóra, augmentando tambem, nas forças da verba decretada, a secção de Cavallaria, arma mais procurada pelos pretendentes, mas ordenei o contrario ultimamente, depois de ter, de algum modo satisfeito a urgencia.

E' por todos conhecida a deficiencia do Regulamento do Corpo policial que está vigorando, por isso faz-se preciso que me deis auctorisação para reformal-o.

Entre os annexos achareis o relatorio que me apresentou o zeloso e intelligente Commandante do Corpo, o Major Manoel Joaquim d'Almeida Coelho que, exercendo quando aqui cheguei o cargo de Ajudante d'ordens da Presidencia, aproveitei para o que actualmente occupa, quando foi nomeado interinamente Tabellião d'esta Capital o seu antecessor capitão Fernando Gomes Caldeira de Andrade.

Do mesmo relatorio vereis as reformas que se tornão precisas para ó bom andamento do serviço.

A proposta de forças que vos faço achareis entre os annexos.

Cadeias.

Não são bôas as cadeias da provincia, e lugares, ha onde não existem ainda más, pelo que occupão quais todas predios com dificuldade alugados fóra das desejaveis condições,

Os lugares cujas cadeias estão em predios proprios são:

Capital, S. José, Laguna, Tubarão, Lages, S. Miguel, Tijucas Grande, S. Francisco, Joinville, Itajahy.

A cadeia de Tijucas arruinou-se por tal fórma que não se poderia reparar sem grande despendio.

Como foi offerecido ao Governo uma casa mais ou menos, appropriada, e cujo preços (600$000) era inferior à somma que se teria de gastar nos concertos da outra, por officio de 24 de Outubro mandei compral-o e accommodal-a ao fim proposta. A' casa velha dar-se-ha o destino que parecer mais conveniente.

Por officio de 26 de Julho mandei construirno districto de S. Bento, um predio appropriado à prisão de criminosos, encarregando das respectivas obras o Engenheiro Etienne Douat que á isso se prestou gratuitamente,

Por officio de 13 de Novembro auctorisei o sr. Dr. Chefe de Policia a mandar fazer os concerto necessarios á casa ques erve de cadeia na freguesia da Barra-Velha·

A' vilha do Paraty tracto de dar a cadeia auctorisada pela lei nº 834 de 30 de Abril de 1877

As casas de cadeias servem ao mesmo tempo de quarteis para os destacamentos existenles na interior da provincia.

Muito convêm que tomeis alguma providencia á respeito das cadeias para que ellas sejão pouco a pouco melhoradas.

E' a prisão um mal necessario, cuja extensão não deve ir além do limits imposto pelas leis da civilisasão e da humanidade.

Soffra o cirminoso a detenção corporal provocada pelo crime, mas não seja lançado em carceres onde se deteriore a sua saude, ou se faça de um homem valido um homem inutil. Por outro lado, barbara se torna a imposição da pena que não serve para o criminoso expiar a culpa e volver á sociedade no proposito de se conduzir como bom cidadão. Que as cadeias sejão casas arejadas, espaçosas e commodas, onde os detidos se possão dar a uteis occupações, e alem de hygienicas se prestam para os fins moraes de penalidade, são requisitos essenciaes á todas as prisões mas, que infelizmente não se dão nas d'esta provincia.

A da Capital mesmo, não obstante ser a melhor, damnifica tanto o organismo dos delinquentes que a Inspectoria da Saude publica dirigio-me o officio que achareis, entre os annexos, e forçoso foi permittir-se aquelles infelizes que saião á rua para que expostos á insolação possão se dar aos salutares exercicios do corpo.

Quanto ao moral nem sò não ha na cadeia do Desterro meio algum de instruir-se o criminoso, e combater-se o crime na sua unica fonte, a ignorancia, mas nada ao menos obsta a que depravem uns os seos bons sentimentos e peiorem outros os seos maus instinctos ! Casa que mal permitte separar um sexo do outro e onde vive todos os presos agglomerados em pequenos compartimentos, tão prejudiciaes ao corpo como ao espirito, dir-se-hia que a sociedade se propõe outra cousa que a emenda dos culpados, se tal não fosse um dos fins porque ella os detem.

Merecia esta capital ter uma cadeia convenientemente preparada, e capaz de receber todos os criminosos condemnados a prisão com trabalho.

Se não é possivel desde já tentar tão grande melhoramento podeis decretar para isso alguma reserva, ou auctorisar o governo a contractar a construcção de um predio especialmente destinado a esse fim, que a provincia tome de aluguel até suas circumstancias lhe permittirem compral-o.

A cadeia da Capital não pòde continuar na casa em que se acha, até porque pede à honra d'esta Cidade se furte aos olhos do estrangeiro que por aqui passa, o triste espectaculo ali exposto à sua curiosidade.

Tambem para as cadeias do interior podeis votar medidas que sejão pouco e pouco executadas.

Que não se construa cadeia alguma senão por plano commum, approvado pelo governo, e com capacidade para alojar os destacamentos existentes nas localidades;

Que se convidem os homens ricos de todos os lugares a fazerem as casas para alugal-as à provincia;

E que se destinem fundos para ser de tempos a tempos adquirida uma pela provincia em ordem préviamente estabelecida.

São expedientes, que talvez surtão effeito, e que, ainda não correspondentes a esta espectativa, servirão para provar que não se descurou esse ramo do serviço, ou que por elle se fez quanto permittiam as circumstancias da provincia.

Chamo a vossa attenção para o relatorio do Dr. Chefe de Policia que à este respeito contem sensatas observações.

Illuminação Publica.

Em 1º de Outubro deu-se ordem á Thesouraria Provincial para contractar por cinco annos com o Dᵒʳ Luiz Cavalcanti de Campos Mello, o serviço da illuminação publica desta Capital, pelo systema Gaz-Globo, e em virtude desse contracto, que approvei em 3 do mesmo mez, rescindir de 1º de Janeiro em diante o contracto feito com o cidadão Firmino Duarte Silva, para a mesma illuminação á kerosene.

A' partir de 1º do corrente, começou esta cidade a ser illuminada a gaz-globo e por mais 30 lampeões do que ántes havia.

Mandei substituir essa illuminação pela que se havia contractado com Firmino Duarte Silva porque, sendo insufficiente o numero de combustores por este accesos, e tendo por isso de augmental-o pareceu-me preferivel empregar materia melhor, e mais digna de uma Capital, a continuar com o kerosene, cuja luz como sabeis não é bastante intensa.

Submettendo o novo contracto a vosssa approvação,cabe-me dizer-vos que elle augmenta alguma cousa a despeza ate hoje feita, mas é isso bem compensado pelas vantagens do novo systema.

Pode-se agora percorrer toda a cidade commodamente e sem os riscos que havia quando era executado o outro contracto.

Demais com a illuminação contractada que é de 150 combustores, cuja luz em nada differe da do gaz hydrogenio, bem se pode dispensar a execução da lei nº 730 de 19 de Maio de 1874, que gravaria o Thesouro com um grande sacrificio e mau grado este não produsiria empreza capaz de sustentar-se a vista da pequena população da cidade.

Aguas.

Tendo recebido duas propostas para o encanamento de aguas potaveis, n' esta Cidade,desejei aceitar uma d'ellas,já para cumprimento das leis que auctorisão esse serviço, já para dotar a Capital de um melhoramento tão reclamado pelo povo.

Foi-me, porém, forçoso resistir a esse desejo,porque uma proposta comprehendia tambem a illuminação a gaz, que não julgo prudente contractar-se;e a outra que se limitava ao serviço das aguas divergia de disposições legaes, cujo cumprimento não posso dispensar.

Dando-vos conhecimento d'estas occurrencias, e junctando aos annexos a proposta, que pede modificações na Lei, tenho por fim pedir-vos que a retoqueis do modo que melhor parecer.

E' escusado dizer-vos a conveniencia de uma resolução á este respeito, pois melhor do que eu sabeis a vantagem que d' ahi provirá.

E' de má qualidade a agua que se consome na Capital, e para isso não póde deixar de concorrer muito o modo porque é ella condusida e exposta à venda.

Na opinião geral a agua, de que aqui se usa, é a causa dos soffrimentos de estomago que tão communs são n'esta cidade.

Estou certo de que, uma empreza de aguas n'esta Capital, não produsiria só o resultad de offerecer ao povo agua melhor, mais abundante e menos cara do que a actual. Genero de primeira necessidade, procurado igualmente pelo rico e pobre, seo consumo seria bastante para dar lucro a companhia canalisadora e esta não deixaria de accordar o espirito de empreza, que entre vós ainda está por nascer.

E' minha convicção formada á luz dos factos por mim observados que atraz da primeira empreza coroada de exito feliz virão outras, de cuja falta a provincia muito se recente, como por exemplo uma casa bancaria e uma companhia de seguros maritimos e terrestres.

Dinheiro não falta para esses estabelecimentos.   Succede unicamente não ser usado o direito de associação em taes proporções, e temerem os capitalistas arriscar seos fundos em negocios que sahem da bitola commum.

Culto Publico

O estado das Matrizes não é lisongeiro; as Igrejas necessitão, umas de paramentos e alfaias para decencia das solemnidades religiosas, outras de concertos e reparos no interior e exterior que exigirão grande dispendio.   D'estas não deixarei de nomear, por se tornarem mais salientes, a Matriz de S. Sebastião de Tijucas Grande, que sendo feita de taboas, é muito pequena, e está em estado de ruinas, bem como a de Coritibanos, que alem de não ter alfaias nem paramentos carece de concertos muito urgentes.

Durante minha administração muitos foram os reclamos e pedidos que recebi, mas por força das circumstancias só pude attender as Matrizes:

Da freguezia da S. S. Trindade mandando despender 200$000 com os concertos mais urgentes.

Da villa do Tubarão mandando entregar á respectiva commissão a quantia de 1:500$000 em prestações de 500$000rs. para as obras de que necessita.

Da freguesia da Lagôa auctorisando em prestações de 250$000 rs. a despeza de 500$000 votada na Lei n° 839 de 2 de Maio de 1877, para concertos.

Em 11 de Novembro mandei entregar á commissão encarregada da construcção da nova Matriz da villa de Tijucas a quantia de 2:659$642 rs a mesma destinada em virtude do art. 2° § 4° do orçamento vigente.

Com as referidas obras já tem se despendido a quantia de réis 3:609$642.

Municipalidades.

Pretendendo ouvir das Camaras Municipaes da provincia relatadas as necessidades mais urgentes dos respectivos municipios, afim de serem levadas ao vosso conhecimento a 16 de Outubro passado, a ellas me dirigi por meio de uma circular a que apenas algumas responderam.

Para melhor apreciardes o estado dos municipios da provincia com os orçamentos municipaes farei chegar as vossas mãos todas as informações d'elles recebidas.

A marcha regular do serviço publico feito pela edilidade, n'esta provincia, como em quasi todo o paiz, está bem longe de corresponder aos fins de uma tão util como antiga instituição.

A municipalidáde, esta bella concepção, radicada nos costumes de todos os paizes monarchicos ou não, desde tempos bem remotos, tem no nosso uma funcção administrativa de summa importancia, pois por ella é em parte exercido o direito consagrado. pelo artigo 17 do nosso pacto fundamental.

Ha interesses de certa ordem que não affectão a nação inteira ou não lhe importam immediatamente, e pois a justiça e as verdadeiras conveniencias sociaes exigem que os mesmos sejam dirigidos e regulados por aquelles a quem pertencem.

Esses interesses demandão conhecimentos locaes, soluções acertadas e promptas, que a lei deixou no poder da municipalidade, e não podem caber ao governo emquanto à municipalidade, na orbita de sua acção, cura de agir por modo a satisfazer a importante missão, de que é encarregada.

Mas isso é o que infelizmente não se dà por parte de todas as Camaras da provincia, segundo tenho observado.

E a principal causa d'esse facto é a pouca dedicação que alguns eleitos põem ao serviço do mandato que recebem, se não solicitão, de concorrer para o bem do respectivo municipio.

Externando aqui estas considerações seja-me portanto permittido chamar a attenção das vereanças para a lei da sua creação, e pedir-lhes procure cada uma inspirar-se nos sagrados interesses que representa sob pena de jamais poder a provincia fruir o estado de prosperidade a que parece destinada.

Quasi todos os municipios se recentem de necessidades, que não tem podido ser satisfeitas umas vezes pelo motivo exposto outras por falta de recursos das Camaras.

Por não terem sido satisfeitas as condições das Leis ns. 835 e 838 de 30 de Abril e 2 de Maio de 1877, ainda não foram inaugurados os novos municipios de Garopaba e Cannasvieiras

Correio.

Continúa esta repartição a funccionar no pavimento terreo da casa em que se acha a Estação Telegraphica, no Largo de Palacio, sob a intelligente direcção do major Alexandre Francisco da Costa.

O seu pessoal compõe-se de um Administrador, um Contador, dous Praticantes, trez Carteiros e desoito Agentes.

São tambem, empregados no serviço de conducção de malas terrestres para diversos pontos, quinze estafêtas.

Não ha negar que as vias de transporte poderosamente actuão no progresso dos povos.

Mas é igualmente certo que pequeno seria o movimento dos transportes, se não fosse, de um lado a correspondencia epistolar, que communicando os homens por cima das distancias à um tempo facilita e promove as transações commerciaes, causa proxima desses transportes; de outro a imprensa com o concurso das informações e da luz que leva aos lugares remotos, onde por sua vez a acção do governo quasi exclusivamente se faz sentir pelas linhas de correios terrestres.

E' portanto, com prazer,que vos annuncio ter havido consideravel augmento na correspondencia particular e publica, resultando d'ahi a necessidade de augmentar com mais duas viagens por mez as trez que se fazem para Lages e o numero de cargueiros da correspondencia condusida para Laguna.

Além d'isto, e pelo mesma rasão, é palpitante a necessidade da creação de novas Agencias na Villa do Paraty, freguesia da Enseada de Brito, Lagôa, Santo Antonio, Cannasvieiras, S. S. Trindade, Rio Vermelho, Ribeirão e arraial da Palhoça.

Espero que ao menos algumas d'essas agencias serão brevemente creadas, pois n'esse sentido já solicitei as precisas providencias.

Havia necessidade de uma Agencia em Coritibanos, mas essa ha mezes que se acha installada.

Para se formar um juizo seguro á respeito d'este ramo do serviço publico, basta considerar que no exercicio de 1878 a 1879 o movimento de papeis que transitaram pelo correio foi 192, 960 objectos, sendo registrados 11,134, d'estes com valôr 1:357, na importancia de 96:048$720 rs.

No referido exercicio a receita foi de 14:135$830. e a depeza de 15:825$835 rs, havendo em relação ao anno anterior um augmento de 1:459$120r*. na receita e o de 1:046$550r*. na despeza.

Registro Civil.

Em virtude do aviso do Ministerio do Imperio de 20 de Setembro ultimo, expedi circulares ás Camaras Municipaes, Juizes de Direito, Juizes Municipaes, de Paz e Promotores, recommendando–lhes que observem a determinação constante da portaria expedida em 30 de Agosto ultimo, acerca do registro dos nascimentos, casamentos e obitos, dos nacionaes ou estrangeiros não catholicos.

Guarda Nacional.

Aindá não está definitivamente reorganisada a Guarda Nacional, porque faltão algumas das nomeações pertencentes ao Governo Geral.

Segundo o novo plano do serviço approvado pelo Governo haverá 5 Commandos Superiores, os quaes já se achão providos tendo as nomeações recahido nos seguintes srs: Antonio Mancio da Costa, para o commando da Capital.

Antonio José da Silva, para o commando da Laguna e Tubarão.

Henrique Ribeiro de Cordova, para o commando de Lages e Coritibanos.

José Antonio de Oliveira, para o commando de S. Francisco e Itajahy.

Manoel Pinto de Lemos, para o commando de S. José e S. Miguel.

D'estes commandantes já prestaram juramento e entraram em exercicio os srs. Henrique Ribeiro de Cordova e Manoel Pinto de Lemos.

O ultimo, tendo pedido uma licença de 2 mezes, foi durante o goso d'ella sobstituido pelo Tenente Coronel José Silveira de Souza Fagundes.

Questão de limites.

A debatida questão de limites, entre esta e a provincia do Paraná, ainda não teve o desejado e conveniente desfecho.   Para solução d'ella julgou a Camara dos srs. Deputados necessario que se proceda a estudos technicos, em ordem a determinar-se a linha divisoria, e, um projecto, n'esse sentido, passou na mesma Camara, o qual, sendo sujeito ao Senado, foi remettido ao Governo para informar com seo parecer, a requerimento da respectiva commissão.

Não tractarei do direito que assiste a esta provincia, por vos ser elle bem conhecido, sendo por isso de esperar que a devida justiça ha de ser feita,

Entretanto subsistem, para regular provisoriamente a divisa, os Avisos de 22 de Novembro de 1878 e de 14 de Janeiro do anno passado.

Por falta de decisão d'esta questão de limites, tem-se dado conflictos entre os habitantes dos extremos das duas provincias nas administrações passadas.

Durante minha administração, em Maio do anno passado, chegou ao meo conhecimento, por telegramma do Delegado de Policia de Joinville, que no lugar denominado *Rancho do Buraco*, onde havia sido pela provincia do Paraná estabelecida uma barreira, em terreno de S. A. o Principe de Joinville, appareceu o Collector nomeado com uma força de vinte praças, que aggrediram os trabalhadores da Estrada D. Francisca, provocando por este modo algum desagradavel acontecimento.

A 26 de Agosto ultimo o subdelegado do districto de S. Bento, representou o facto de haverem alguns habitantes da provincia do Paraná tapado um caminho de servidão publica, situado no 2º e 3º quarteirões d'aquelle districto, estando o tapume dentro do territorio d'esta provincia, em vista do citado Aviso de 14 de Janeiro do ando passado, que marcou os rios do « *Peixe e Goyo-Eu*» para divis provisoria.

Em ambos estes casos para evitar disturbios e conflictos, ou desordens motivadas por mal entendido espirito de bairrismo, recommendei as auctoridades locaes que procedessem com prudencia e, officiei ao Presidente do Paraná, dando conhecimento do facto e pedindo providencias.

Folgo de annunciar-vos que nada aconteceu de mais importante sobre este assumpto, comtudo este estado de cousas não pode permanecer; é urgente que a jurisdicção territorial seja por uma vez outorgada, para que os habitantes de uma e outra provincia, de modo seguro possam pugnar pelos seos direitos n'aquella zona do territorio Brasileiro.

Navegação a vapor.

Continua a servir com a devida regularidade o pequeno vapor *S. Lourenço* da Companhia Nacional de Navegação a vapor, communicando 3 vezes por mez esta cidade com as de Itajahy, Joinville e S. Francisco.

Beneficio igual ao que d'essa navegação colhe a provincia, faria sem duvida a que communicasse esta capital com as cidade da Laguna, onde tão animador é o estado do commercio.

Folgo por isso de dizer-vos que tenho transmittido ao Exᵐᵒ.Snr. Ministro d'Agricultura algumas propostas de emprezas relativas á essa navegação, bem como que exprimindo-me á respeito d'ella nos mais favoraveis termos, para melhor habilital-o a escolher entre as mesmas propostas enviei-lhe as informações que pude obter.

O Governo Imperial ainda nenhuma resolução tomou sobre tão importante negocio, mas creio que solicito como é pelo progresso do paiz, e vendo quanto tem a provincia a lucrar com esse melhoramento, procede aos precisos estudos para aceitar proposta que melhor parecer.

Além do *S. Lourenço* recebeu ultimamente a provincia com destino ás suas aguas dous pequenos vapores, um para subir o rio Itajahy desde o Gaspar até a colonia Blumenau, e outro para navegar entre S. Francisco, Joinville e Paraty, ambos de emprezas particulares, cujo exito muito influirá no futuro das comarcas de S. Francisco e Itajahy.

O primeiro tem defeitos de construcção, que serião evitados se fosse construido no Brasil; mas embora com difficuldade, vai fazendo a navegação a que se destina.

O segundo, com quanto se preste bem ao fim proposto, ainda não começou a trabalhar em rasão dos obstaculos que apresenta o rio da colonia.

Para se concluirem os canaes da cachoeira acabo de conceder novo privilegio ao empresario da navegação, impondo-lhe as mesmas condições da concessão de 18 de Dezembro de 1878, cujo praso expirou em 18 de Dezembro.

Finalmente praz-me dizer-vos que a cidade de S. Francisco tem fundada esperança de ver seu excellente porto frequentado por um vapor Hamburguez, com que muito ha lucrar o norte da provincia.

As ultimas informações que tenho sobre esse negocio dizem-me que o vapor infallivelmente tocará em S. Francisco se o Governo Imperial restabelecer a Alfandega, que ali havia, e foi extincta pelo Decreto Nº 6272 de 2 de Agosto de 1876, para o que já o commercio de S. Francisco e Joinville diirgiu ao Exᵐᵒ. Snr. Ministro da Fazenda uma representação apoiada pela Camara Municipal de S, Francisco.

Instrucção Publica.

Occupo-me aqui de uma causa que não digo só vencedora em todos os espiritos, porem geralmente conhecida em seos menores detalhes.

Permittireis, por tanto, que prescinda de quasquer considerações theoricas, que o assumpto possa suggerir, afim de encaral-o só e só debaixo de seo ponto de vista practico.

Senhores:

Grande é o pezar que tenho por vêr a Instrucção publiça apartada das boas normas que devera seguir e não me ser dado eleval-a à altura da instituição que lhe cabe ser.

Regia o ensino, quando aqui cheguei, o Regulamento de 29 de Abril de 1868, o qual, como sabeis, fôra profundamente modificado por leis posteriores, que andando esparsas nas Collecções da legislação difficilmente pude conhecer e apreciar.

Além de outras alterações, decretou-se a instrucção obrigatoria, votaram-se todos os meios necessarios a realisação d'esse principio, substituiu-se o professor vitalicio pelo professor contractado e o Regulamento de 24 de Dezembro de 1873 que apenas servia para o provimento interino das cadeiras, tornou-se a lei pela qual se affere a aptidão dos candidatos ao magisterio.

Por outro lado as novas leis derogatorias do Regulamento de 1868 não estavão regulamentadas, o que ainda mais difficultava a fiel execução dos preceitos legaes relativos a tão importante ramo do serviço publico.

Agora póde qualquer pessoa entender e applicar as leis que até a pouco jazião na maior confusão.

O Regulamento (achal-o-heis entre os annexos) que publiquei em 29 de Novembro ultimo, e fôra precedido de algumas instrucções sobre as licenças do professorado, por ser essa materia a que reclamava mais promptas providencias, compilou toda a legislação em vigor, e estabeleceu algumas disposições Regulamentares, que pareceram indispensaveis, para melhor cumprimento da parte nova da mesma legislação.

Julgo-me escuso de justificar disposições, cuja necessidade não escapa ao vosso criterio.

Entre ellas, porém, notão-se algumas que merecem ser aqui consagradas.

Tendo de dar execução a lei da instrucção obrigatoria principio que como sabeis não póde ser applicado sem haver escolas ao alcance de todos os meninos, facilitei o ingresso do sexo masculino nas escolas do feminino, e declarei esta medida obrigatoria nos lugares em que não esteja provida ou não haja escola de meninos.

Providencia limitada aos meninos menores de 9 annos, não pareça que me arreceio da promiscua educação dos sexos: se assim procedi foi por que sem uma completa alteração do regimen escolar não se póde dar á ideia todo o desenvolvimento, de que ella é susceptivel.

O ensino americano denominado *Lições das Cousas* produz tão bom resultado em outras partes que entendi dever desde ja inicial-o. Depois que os professores passaram a ser contractados é tão estreito o programma do ensino official, que os meninos em rigor mal podem aprender a lêr, escrever e contar. Ora em taes candições não póde deixar de contribuir para maior desenvolvimento dos alumnos um exercicio, que sem demandar novas habilitações nos professores, no correr das mesmas lições diarias, ministra aos alumnos ideas practicas, que muito lhes podem servir.

Os inspectores parochiaes nem sempre podem prestar ao governo o serviço para que foram creados.

Umas vezes por morarem longe das escolas, outras por serem amigos ou desaffectos dos professores, e outras finalmente por não poderem exercer o cargo sem prejuizo dos seus interesses particulares, é certo que grandes defficuldades tenho experimentado quer para saber ao certo o que se passa no interior da provincia, quer os casos reclamão, na certeza de serem ellas promptamente executadas.

No intuito de remover este inconveniente aproveitei os Inspectores e Conselhos municipaes creados para a execução do ensino obrigatorio, e as fucções de que por essa razão foram investidos, accrescentei outros, que facilitarão muito o andamento dos serviços locaes.

Finalmente, tendo os contractos, em virtude dos quaes se preenchem as escolas, sido ordenados por um simples artigo de lei que não attendeu a todas as necessidades da mudança, fui obrigado a fixar algumas regras de pura equidade com relação as remoções dos professores, bem como as preferencias que podem militar em favor dos candidatos as cadeiras em concurso.

Os estabelecimentos de instrucção mantidos pela provincia, sem contar 32 escolas vagas, que considero não existentes, são:

Um Atheneu com 8 cadeiras secundarias frequentadas por 28 alumnos.

E 85 escolas primarias, das quaes 42 regidas por professores contractados para ensinar o que ha de mais elementar á poucos meninos.

Poucos meninos digo, porque matricularam-se no ultimo anno em todas as escolas 3186, sendo 2.020 do sexo masculino e 1,166 do feminino, mas a frequencia escolar, segundo as informações que tenho recebido foi muito inferior á esse pequeno algarismo.

Acredito que posta em execução a lei do ensino obrigatorio, as escolas regorgitarão de alumnos, ou pelo menos terão maior frequencia.

Mas, senhores, não é isso tudo quanto a instrucção reclama da vossa solicitude.

Póde a provincia ter escolas em toda a parte, e conseguir que ellas sejão regularmente frequentadas; se ellas não forem regidas por *habeis e dedicados* professores, inutil será o sacrificio de mantel-as.

Outra cousa que muito influe na diffusão e progresso do ensino é o juizo que d'elle fazo pai de familia.

Dê-se ao ensino tudo quanto elle requer, ou possa ser considerado seu auxiliar. Si o povo não tiver amor ao saber bastarão as difficuldades materiaes, com que luta o homem pobre para elle se descuidar da educação de seos filhos e succeder que estes não vão a escola, ou vão sem o incentivo e preparo domestico que tanto importa ao adiantamento das classes.

E a prova do que digo tendes vós aqui mesmo.

Não é tão pequeno o sacrificio que a provincia faz com o ensino, pois leva-lhe este quasi um terço de sua renda.

Se apezar d'isso a instrucção não progride, é porque o professor preenche mal a sua missão, e o povo não aprecia bem as vantagens do ensino.

Com effeito, além de nunca ter a provincia curado do magisterio, ultimamente feriu de morte o professorado fazendo reger suas escolas por professores contractados em virtude de exames nos quaes nem grammatica mostrão saber. Ora esse regimen não facilitou só o preenchimento das cadeiras com individuos sem aptidão para honral-as. Incutio no povo a crença de que a instrucção é interesse de ordem secundaria, e tanto bastou para que elle, em cujos habitos ainda não tinha entrado a procura do saber, se tornasse totalmente estranho as necessidades do espirito.

Problema complexo e pois dependente de muitas circumstancias, cada qual actuando por seo lado, se quereis, como acredito, a diffusão das luzes por todas as camadas sociaes, não vos cumpre só abrir escolas e obrigar a infancia a frequental-as. Deveis rehabilitar, direi melhor, nobilitar o professor hoje degradado pela insufficiencia das suas habilitações e aviltado pela mesquinharia dos seos reditos, e organisar a instrucção de modo que o professor a sirva com dedicação, e ella tenha todos os elementos para se impôr a affeição do povo.

Fôra injustiça dizer que as leis em vigor não consagrão nenhum dos principios geralmente adoptados para semelhantes effeitos, pois alguns vejo eu auctorisados que são essenciaes como:

A mais plena liberdade de ensino.

A instrucção obrigatoria.

Os premios escolares.

A subvenção garantida ao ensino particular e aos cursos nocturnos.

E bem entendidas vantagens feita aos professores nomeados antes da lei dos contractos.

Mas longe estou de convir que a provincia tenha este serviço em estado satisfactorio, emquanto elle não assentar nas bases seguintes:

Instrucção secular, gratuita e obrigatoria para todos os meninos em idade escolar.

Ambos os sexos educados promiscuamente.

Ensino de um só grau, e tanto quanto possivel baseado em principios scientifi. cos, que habilitem o cidadão a conhecer *sua natureza, o mundo externo e a sociedade.*

Magisterio vitalicio e feito em curso normal devidamente organisado, e que seja nem só accessivel a ambos os sexos, mas tão vantajoso para um como para outro. Escolas em toda a parte onde houver quem precise de aprender, e igualmente providas por homens e mulheres.

Professores ambulantes, contractados ou subvencionados, nos lugares que não poderem tel-os vitalicios.

Compendios, systemas, livros, methodos de ensino uniformes para toda a provincia, e annualmente subjeitos á discussão e exame ja do Conselhos especiaes, já dos proprios professores nas conferencias que se chamão *pedagogicas.*

Escolas espaçosas, arejadas, claras, commodas, e nem só guarnecidas de todos os instrumentos e moveis necessarios ao ensino, mas ainda construidas expressamente, e de modo que o proprio edificio escolar auxilie a missão do professor.

Professor com morada effectiva na mesma casa da escola.

Escola aberta uma só vez por dia.

Efficazes meios disciplinares para reprimir o comportamento dos professores e alumnos, que se mostrarem culpados.

Bons vencimentos para todos os professores.

Todos elles obrigados a contribuir para um monte-pio obrigatorio, e especialmente destinado a substituir a aposentadoria, que tão onerosa é para a provincia.

Recompensas, vantagens, premios razoaveis já para os professores que se distinguirem no magisterio e annualmente derem maior numero de alumnos promptos, já para os que se tornarem recommendaveis pela publicação de obras didacticas, ou por sua notoria dedicação ao serviço escolar.

Ensino municipal, e nem só dotado de patrimonio que compartilhe os encargos do governo, mas servido, inspeccionado e dirigido por homens de coração e patriotismo, que inspirados por pensamentos communs procurem eleval-o á altura da sua grandiosa missão.

Ensino livremente professado por todos os cidadãos ou estrangeiros que quizerem se dar a esse sacerdocio.

Promessa formal de invitativas subvenções aos professores particulares que contribuirem para o progresso do ensino.

Escolas nocturnas para os adultos analphabetos.

Bibliothecas populares onde todos os cidadãos achem pasto para o espirito, e os alumnos sahidos das escolas completem o estudo feito n'ellas.

E se possivel fôr, subsidio constante a dous ou trez dos mais talentosos filhos da provincia, que se propuzerem seguir estudos superiores.

Apontei, como vêdes, o que está feito e o que está por fazer, o que é possivel e

o que não póde deixar de ser addiado, por uma razão que achareis procedente.
Expondo o conjuncto de todas as forças que dão impulso ao organismo do ensino
cuidei melhor chamar para este a vossa attenção. Depois refleti que nem os principios já consagrados nas leis tem sido levados ás suas ultimas consequencias nem
ha inconveniente algum em votardes uma lei de futuro para ser gradual e pru-
dentemente executado de accordo com as circumstancias da provincia.

Agora a instrucção secundaria.

Não sou de opinião que se acabe com ella, antes desejo que se tracte de erguel-
a do abatimento em que se acha.

Cahiu ella em desanimo por ser obrigatorio o curso estabelecido no Atheneu,
e haverem sido supprimidas as mezas de exames geraes que havia na provincia.

Mas restabelecidos como foram os exames geraes tenho firme esperança de que
tornando-se facultativa a frequencia das aulas, nenhuma d'ellas deixará de ser
concorrida, sobre tudo se as matriculas passarem a ser gratuitas, como com justa razão pede o illustrado Inspector Geral da Instrucção Publica.

Deploro que se tenha extinguido a cadeira de allemão que de principio houve
no estabelecimento.

Uma provincia como esta tão procurada e habitada por allemães sem graves
prejuizos seos, não póde deixar de generalisar o conhecimento d'essa lingua.

O Inspector Geral da Instrucção Publica no relatorio que achareis entre os
annexos, pede que se restabeleça a cadeira de instrucção primaria que havia no
Atheneu.

Apoio esta idéa quer creeis ou não o curso normal que vos lembro.

Creado, é ella indispensavel aos alumnos normalistas para adquirirem conhecimento practico da profissão que pretendem seguir. Como sabeis quem quer ser
professor deve não só aprender á sel-o, mas ainda exercitar e provar sua vocação
para o magisterio.

Não creado é fundação em todo caso util. A capital precisa de mais uma escola, e essa collocada no Atheneu será meio de chamar a attenção dos meninos
para as aulas secundarias existentes no estabelecimento, que ao mesmo tempo
se tornará um ponto de reunião e conveniencia juvenil, sem duvida proprio para
fomentar fecundas relações em proximo futuro.

Acho a secretaria da Instrucção Publica mal collocada no lugar em que está.

Ella rouba a Biblioteca uma parte do espaço de que esta precisa para desen-
volver-se, e não tem para si todos os commodos precisos.

Pensei em remover este inconveniente passando a repartição para o Atheneu,
que, além das proprias aulas tem capacidade para esse e outros mysteres, mas
não quiz executar esse pensamento sem primeiro subjeital-o a vossa apreciação.

Parece-me que prolongada a rua Aurea do modo exposto em outro lugar, e
convenientemente preparado o predio do Atheneu para defrontar com a mesma

rua, poderá elle accommodar a Secretaria, e assim tornar-se um importante estabelecimento.

Entretanto resolvereis como vos parecer.

Communico-vos que por acto de 30 de Outubro proximo passado, resolvi convidar os habitantes da provincia a concorrer com donativos para a creação de um muzeu, ao qual dei direcção provisoria até que delibereis à respeito.

A' vista do acolhimento que teve a ideia, e das promessas que me tém sido feitas de interessantes specimens, espero que ella se traduzirá em realidade, e a provincia em pouco tempo auferirá os lucros d'essa util intituição.

Tambem esse estabelecimento póde, no meu entender, ficar bem accommodado no edificio do Atheneu.

Não devo omittir que tendo sido, por solicitação minha restabelecidas as mezas de exames geraes, em dias de Novembro passado foram examinados os alumnos que requereram exames, correndo estes com a desejavel regularidade e justiça.

Deixo de mencionar os actos por mim praticados com relação ao serviço do ensino porque todos elles constão do relatorio do Inspector Geral, a que em tudo mais me remetto.

Desempenho por ultimo um grato dever declarando-vos que tanto o Director e professores do Atheneu como o Inspector Geral mostrão-se dignos da vossa consideração pelo zelo com que servem as respetivas funcções.

Proprios Provinciaes.

A Provincia possue dous predios em S. José e um em Tejucas onde funccionão as escolas publicas; os do quartel do Corpo Policial, Thesouraria Provincial, Paço da Assembléa, Atheneu e Theatro; duas casas na rua do Livramento, uma em Cambriú, uma em Tejucas ultimamente comprada para cadeia; duas chacaras n' esta cidade e terrenos em S. José, Caldas do Norte, Picadas do Sul, morro do Jacú, fundos de Palacio, e parte no do cemiterio d'esta cidade. Todos esses proprios estão inventariados na Thesouraria Provincial, e constão da relação que achareis entre os annexos.

Diversos são os titulos pelos quaes é a Provincia senhora e possuidora d'estes proprios. Uns foram adquiridos por doação, outros por compra e outros por adjudicação em execuções fiscaes.

Quanto ao estado de conservação dos mesmos proprios não posso dar exacta informação, porque não ha tombamento d'elles mas uma simples escripturação que apenas indica os immoveis possuidos pela provincia, pelo que embora de passagem vos lembro a creação e organisação d'esse serviço.

Comtudo, tenho em vista os valores primitivos conhecidos, e as quantias empregadas na acquisição e construcção de alguns proprios sóbe sua importancia total a Rs. 113:578$141.

Dos proprios da capital chamou logo a minha attenção pelo seu mau estado o Theatro Santa Izabel, que como sabeis foi construido, em terreno accidentado e juncto a uma grande barranca, devido a qual estreita passagem ha pelo lado direito do predio. Além d'isso estavão os seus alicerces se arruinando em consequencia da humidade mantida pelo alto terreno adjacente, onde para nada omittir, mau grado a Camara, depositava-se toda a sorte de immundicias.

Nem só para utilidade do predio, como para embellezamento do largo, por onde era difficil senão perigoso o crescente transito de vehiculos, tractei de regularisar os terrenos fronteiros e adjacentes ao edificio, e como não podesse tornar perfeito esse serviço sem fazer recuar a barranca, a que acima me refiro, mandei excaval-a até chegar a linha da rua do Espirito Santo de modo que, concluidas as obras ficará o Theatro accessivel por todos os lados e situado em praça digna da vossa civilisação.

Esta importante obra, que aliás não podia ser adiada, pelo que acabo de dizer, como porque mais tarde sahiria mais cara, não benificiou só o predio por amor do qual a emprehuedi. Tiraram grande proveito d'ella o largo de Palacio e afóra outras as ruas do Rosario, Espirito Santo, Aurea e Trindade, que com muita vantagem para o transito publico foram aplanadas, abauladas e consolidadas.

O predio do Theatro é um importante edificio, que destacado como agora se acha dos comoros que o encobrião, apresenta uma regular vista, mas força é reconhecermos que se recente de grandes defeitos architectonicos interiores e exteriores que por brevidade deixo de mencionar, mas podereis ver no relatorio do Fiscal juncto os annexos, e bem assim que necessita já de varios concertos e reparos indispensaveis.

Como os Theatros não deve ser fonte de renda, mas sim logares de ensino e diversão aconselhados pela boa politica para fins moraes, que vos são bem conhecidos, acho conveniente que auctoriseis o Governo a despender com o Theatro Santa Izabel a renda que se arrecadar pelo seo aluguel.

Despendendo-se assim pouco a pouco e sem sacrificio póde esta Capital no fim de algum tempo ter Theatro decente e capaz de attrahir distinctos artistas.

A Companhia Dramatica dirigida pelo actor Guimarães offereceu em beneficio das obras do Theatro um espectaculo, cujo liquido produziu a quantia de 416$500 reis, que foi entregue ao Engenheiro Polydoro Olavo de S. Thiago, afim de applical-a a construcção de uma porta juncto ao camarote da policia, quo de ingresso para o proscenio, de um commodo para venda de bilhetes, e um guarda-vento na frente do edificio, despendendo o saldo que houver com as obras exteriores.

O Theatro está locado a José de Araujo Coutinho por tres annos a razão de Rs. 1:205$000 por anno.

O edificio do Atheneu Provincial esta situado em uma chacara que offerece entrada por um lado sómente, que é o da rua Aurea,

Este importante e vasto proprio provincial com accommodação que podem ser aproveitadas para muitos outros misteres, precisa de ser frenteado por uma rua, que dê transito para a rua do Presidente Coutinho e o importante bairro situado n'aquella extrema da cidade.

A abertura, pois, d'esta rua é obra util e urgente, que eu vos recommendo esperando ser habilitado com os meios de fazel-a.

A Thesouraria Provincial acha-se hoje em predio proprio, que adquiriu nos termos da Lei nº 839 de 3 de Maio de 1877, pela quantia de rs. 21:000$000 afóra laudemios, aceio e concertos feitos no mesmo, em que se gastou rs. 2:175$000

Este predio presta-se muito bem ao fim proposto, e se acha em parte pago, por que havendo na occasião dinheiro disponivel, mandei tirar 6:000$000 reis da caixa geral e pedir o resto por emprestimo ao patrimonio dos Hospitaes, divida que se tem amortisado com rs. 250$000 mensaes.

Por ordem minha comprou-se tambem esta casa a Ernesto da Silva Paranhos, para servir de paço da Assembléa Legislativa Provincial, de conformidade com o art. 22 da lei nº. 839 de 3 de Maio de 1877.

Importou o seo custo em 8:550$000 reis, mas a essa quantia accresce a de quatro contos de reis de despezas necessarias para pol-a no estado em que se acha, bem como a de 450$000 reis em que importaram alguns objectos pertencentes a mesma casa o que eleva a 13 contos de reis importancia total despendida.

Por 600$000 réis comprou-se ainda, com destino a cadeia, na villa de Tijucas, uma casa que com alguns concertos presta-se bem ao fim proposto.

Todas as compras que fiz foram effectuadas com a maior economia dos cofres publicos, tendo em vista a solidez da construcção e as vantajosas condições das propriedades adquiridas.

Muitos proprios provinciaes devem ser vendidos por não convir a sua conservação. Darieis o melhor destino aos improductivos valores por elles representados, auctorisando o governo a dispôr dos que não forem precisos, e com o producto dos mesmos construir boas escolas nesta cidade.

A falta de bons edificios escolares é, estou persuadido, uma das razões porque tão atrazado está o ensino n'esta provincia.

Thesouraria e Consulado Provincial.

Achão-se estas repartições no predio ultimamente comprado de que em outra parte vos fallei, tendo por Directores, a primeira o cidadão Leopoldo Justiniano Esteves, a segunda o cidadão Antonio Luiz do Livramento os quaes me merecem toda a confiança.

Devo no obstante pedir a vossa attenção para o Consulado que me parece uma inutil repartição esperando que examineis este asserto, afim de ser ella supprimida, caso assim vos pareça. Quanto a mim póde se dividir a Thesouraria em duas secções—Contabilidade e Arrecadação—pertencendo a esta as funcções do

Consulado, sem prejuizo algum do serviço, antes com vantagem para ello e para a Fazenda provincial. Sem querer entrar em detalhes basta dizer-vos que, tendo cada secção um chefe incumbido de dirigir o serviço, podem os despachos correr sob as vistas do chefe da arrecadação, e verificada a somma respectiva, ser esta immediatamente recebida pelo Thesoureiro da repartição. Com esta alteração não se simplificaria só o serviço da escripturação que hoje é dupla e-vitar-se-hia grande despeza com a diminuição do pessoal empregado no Con-sulado.

Ha sem duvida difficuldade em dar-se destino aos funccionarios, que já tive-rem direitos adquiridos.

Mas se a medida é necessaria não deve essa circumstancia prevalecer como obstaculo a reforma. Aproveitados os empregados que devem continuar a apo-sentados os que contarem o tempo da lei, mandarieis addir os outros a quasquer das repartições provinciaes, até que se lhes possa dar outra collocação, e assim dentro de pouco ficarão as cousas no estado que é para desejar.

Outra ideia que não devo omittir é a revogação da lei que torna o pesssoal do Consulado interessado na renda que arrecada. Estou que, augmentados os se-os vencimentos, dispensa-se a distribuição das quotas, que elles percebem, e di-minue-se muito a despeza de exacção que no ultimo anno subio a 46 contos de reis

Para que avalieis devidamente o alcance d'esta providencia dir-vos-hei ainda que, tirado d'aquelle algarismo o valor da porcentagem dos Collectores, poupa-rá o cofre mais de 13 contos de reis.

Por acto de 18 de Agosto nomeei o cidadão Miguel Victor Cardoso da Costa para Praticante interino da Thesouraria Provincial.

E por acto de 11 de Dezembro nomeei para o lugar de Contador, o 1º Escri-pturario da mesma repartição Felisberto Gomes Caldeira de Andrade.

Mezas de Rendas, Collectorias e Agencias

Creou-se em Coritibanos uma collectoria, cujo serviço hade principiar em 16 de Janeiro.

Todas as repartições, de que aqui vos fallo são dirigidas com a precisa regula-ridade.

Por Acto de 3 de Dezembro concedi a Francisco Antonio de Borba a exonera-ção que pediu do cargo de Administrador da Meza de Rendas Provinciaes da ci-dade d' Itajahy, e para o mesmo nomeei o Contador da Thesouraria Provincial Joaquim Domingos da Natividade.

Tambem foi exonerado do cargo de Escrivão da Meza de Rendas Provinciaes da Cidade da Laguna o cidadão Antonio Thomé da Silva e nomeado para o substituir o Collector da villa do Tubarão, Francisco de Paulo Pacheco dos Reis.

Por Acto de 30 de Junho nomeei o cidadão João Ricardo Pereira Filho para o cargo do Escrivão da Meza de Rendas Provinciaes da Cidade de S. Francisco.

Em data de 12 de Agosto e para execução da Lei n° 815 de 1° de Maio de 1876, dei nova Tabella ás porcentagens dos empregados do Consulado, Collectorias e Administrações das Mezas de Rendas.

Não applico aos Administradores de Mezas de Rendas e Collectorias as considerações que em outra parte fiz sobre as quotas do Consulado, por entender conveniente que elles continuen interessados na renda, mas acho que as repartições devem ser lotadas de modo a fixar-se o limite das quotas.

Em data de 30 de Julho, resolvi mandar o Contador da Thesouraria Provincial, Joaquim Domingos da Natividade em commissão á Laguna por causâ de queixas que se levantaram contra o Administrador da Meza de Rendas d'essa cidade.

Transportando-se o mesmo Contador ao ponto do seu destino, nem só examinou a repartição mas tomou as providencias que pareceram necessarias ao bom andamento do serviço, e em relatorio que ao regressar dirigio ao Inspector da Thesouraria Provincial, o qual por este me foi transmittido, expôz minuciosamente o que viu e o que fez.

No dito relatorio opina elle que não havia razão para as queixas levantadas contra o Administrador Luiz Augusto Werner, que exerce o seu cargo como lhe cumpre, e sem vexame para os contribuintes.

Aguardo novos acontecimentos para julgar por mim do clamor que mais ou menos continua.

Conto que augmentará muito a renda da Meza da Laguna com a elevação ultimamente decretada da Meza Geral á cathegoria de primeira ordem, por trazer essa medida melhoramento que não pôde deixar de influir na Fazenda Provincial.

Informado de que não éra bem arrecadado o imposto do art°. 1° §.° 12 do orçamento vigente, expedi sem demora as ordens que pude para que a cobrança se tornasse regular, e mais tarde, em data de 19 de Novembro, publiquei as instrucções que achareis entre os annexos, crente de que com ellas ficará o fisco ao abrigo de qualquer prejuizo.

O imposto do §° 24 pouco ou nada tem rendido, porque não é regular a sua cobrança.

Acerca d'este imposto dei igualmente ordens que ainda não poderam ser cumpridas. Tracto de estabelecer agencias nos passos do rio Pelotas, bem como em todos os outros lugares por onde possa haver movimento de cargueiros para o Rio Grande do Sul.

Cumpre-me finalmente dizer-vos que, havendo na arrecadação do 1° imposto um atrazo de mais de nove contos de reis, por officio de 26 de Setembro recommendei ao Inspector da Thesouraria Provincial que fizesse apressar essa cobrança por todos os meios legaes.

Ha na provincia 4 Mezas de Rendas, 10 Collectorias e 15 Agencias, sendo as primeiras em *Itajahy. S. Francisco, Laguna* e *S. Sebastião*, as segundas em

S.José, Passa-Dous, Tubarão, Joinville, Lages, Paraty, S. Miguel, Ribeirão, Cannavieiras, Corilibanos, e as ultimas em *Camboriú, Penha, Brusque, Barra Velha, Araranguá. Gravatá, Gloria, S. José, Blumenau, Sombrio, Pedra, Raposa, Santa Thereza, Nova Trento* e *Corilibanos.*

A Collectoria do Tubarão foi examinada pelo ex-Contador Natividade quando esteve na Laguna em desenpenho da commissão de que ácima vos fallei. As informações que o mesmo poude ministrar a Thesouraria dão aquella Repartição em estado satisfactorio.

Tenciono mandar brevemente examimar todas as repartições ficaes da provincia.

Fazenda Provincial

As condições em que se acha a Fazenda Provincial são fielmente expostas pelo Inspector da Thesouraria no relatorio que achareis entre os annexos.

Vé-se do mesmo relatorio que, se não é mau o estado das finanças, porque salvo o caso de passageiras faltas todos os serviços têm sido pagos regularmente, não é elle todavia tão prospero, como fôra para desejar.

Durante quasi trez annos cresceu pouco a renda da provincia e esse mesmo pequeno augmento havido deve-se á circumstancia extraordinaria como a secca do norte que, determinando maior procura de farinha féz subir o preço d'esse producto.

Por não ter-se reunido a Assembléa Provincial nos dous ultimos annos ainda hoje vigora o orçamento votado pára o exercicio de 1877-1878.

Prorogado pelo meo antecessor pará o exercicio de 1878-1879, tive por minha vez de prórogal-o para o exercicio de 1879-1880.

Calculou-se n'esse orçamento a receita geral da provincia em 323:861$962 rs. mas entre o orçado e realisado houve, nos dous exercicios findos, uma differença para mais de rs., 53:999$328 sendo:

30: 831$933 rs., no primeiro, e 23:167$395 no segundo.

A despeza tambem Geral foi como devia ser orçada na somma igual a da receita: entretanto ficou em rs., 292:245$615 no primeiro exercicio e ascendeu a rs., 375:545$509 no segundo.

O que determina um saldo de rs., 62:203$750 em favor do exercicio de 1877-1878 e um excesso de rs., 28:516$152 contra o exercicio de 1878-1879.

Prova o exposto que, reunidos os dois orçamentos, e pago o *deficit* do segundo pela obra do primeiro, transmittiram os dois ao actual um saldo de rs.- 33:692$598.

Este saldo, porém, ainda não estando liquidado o ultimo exercicio, provavelmente ficará em menores proporções.

Devo dizer-vos em abono dos meos antecessores que a causa determinante do excesso verific .do no segundo exercicio foi esta:

Resgataram-se apolices da divida provincial no valor de rs., 5:300$000.

E despendeu-se com a verba *Obras* quantia muito superior á que fora votada

O movimento da receita e despeza especial que no orçamento figurão com a quantia de rs., 9:455$770 foi este:

1877—1878

Receita	40:482$480	rs.
Despeza	20:734$926	rs.

1878—1879

Receita	40:303$120	rs.
Despeza	9:409$321	rs.

Houve portanto, nos dois exercicios, um excesso de receita no valor de réis 61:874$540, somma que, deduzido o excesso da despeza do 1877-1878, na importancia de rs. 11:279$156, se acha em deposito para os diversos fins autorisados pela lei.

As despezas feitas nos dois exercicios foram estas:

Importancia entregue ao Procurador do Hospital para patrimonio . 8:998$446

Idem a Camara Municipal do Tubarão para concerto da Serra do Oratorio . . . . 7:403$520

Idem a Camara Municipal de S. José para concertos da estrada entre S. José e Lages . . . . 4:332$960

Importancia entregue a commissão encarregada da construcção de uma Igreja em Tijucas Grande . . . . 2:659$642

Idem a commissão encarregada dos concertos da estrada entre São José e Lages. 6:749$679

30:144$247

Para completar a informação de que necessitaes só me resta fallar do actual exercicio.

Segundo o relatorio do Inspector, o qual apenas chega a 30 de Setembro, isto é, só comprehende o 1° trimestre do exercicio, arrecadou-se:

Renda geral	75:328$552
Renda especial	3:736$806
Total	79:065$358

E despendeu-se:

Por conta da primeira	76:457$841
Por conta da segunda	1:635$334

Vêdes, senhores, que vou mantendo o equilibrio da receita com a despeza do corrente exercicio,

Mas, força é confessar, que não me tranquillisa o resultado d'esses confrontos.

E, parã vos dizer tudo em poucas palavras, basta notar que, se a despeza geral do trimestre não chega a somma determinada pela lei, a receita, com que se ha de fazer essa despeza, vai se effectuando de modo que talvez não chegue para cobril-a. Está, pois imminente um desiquilibrio, que não pode deixar de ser embaraçoso, e a esta Camara cabe obviar com as providencias que parecerem plausiveis.

A razão porque não tem a receita attingido o calculo do orçamento encontrareis nos relatorios do inspecjor da Fazenda e Administrador do Consulado Provincial.

Não se tracta já do extraordinario acontecimento que deu a receita a elasticidade por ella apresentada.

A questão agora é de não se realisar a propria somma orçada antes do referido acontecimento.

Sahe hoje menor quantidade de farinha do que sahia quando se votou a lei, e afóra a imposição d'esse producto outras igualmente hão baixado de modo consideravel. Em apoio do que digo observarei unicamente que os direitos de exportação no 1º trimestre do actual exercicio apenas renderam rs., 25:205$128, quando em igual periodo do exercicio anterior chegaram a rs., 40:284$160.

Para evitar a perturbação do orçamento não ha senão dous meios promptos: reduzir a despeza ou crear novos impostos.

Qual dos dous será melhor cabe à vós resolver com o perfeito conhecimento que tendes das forças da força da provincia.

Quanto a mim, expondo francamente o meo modo de pensar, direi que nenhum inconveniente vejo na adopção do segundo alvitre, antes só elle se me affigura capaz de nos dar a quantia de que carecemos.

A despeza já é tal que sem prejuizo não se póde reduzir, maxime nas proporções em que fôra preciso fazel-o. Entretanto é intuitivo que uma prudente elevação da renda pelo indicado meio não serviria só para manter os serviços em andamento. Permittiria ainda ao governo emprehender outros que lhe-são instantemente reclamados os quaes não podem ter lugar se a provincia, que tão poucos tributos paga, á vista de outras em iguaes circumstancias, não acceitar o onus de algumas novas imposições.

N'esse sentido faço minha e transmitto ás vossas mãos a proposta de orçamento que segundo as regras estabelecidas organisou a Thesouraria Provincial, acompanhada de uma nota dos novos tributos que se podem crear.

Antes de passar adiante permitti lembrar-vos que muito conviria ser o orçamento que ides votar para o exercicio de 1880-1881 desde logo applicado ao segundo semestre do actual.

Com o relatorio do Inspector da Thesouraria Provincial recebi diversas demonstracções que junctas ao presente submetto á vossa apreciação.

N'essas demonstracções vereis tudo quanto respeita á receita e despeza da província no exercicio de 1878-1879 e primeiro trimestre do actual, bem como á divida activa e passiva, apolices á resgatar, execuções fiscaes, pendentes e effectuadas, e testamentos registrados no Consulado com declaração dos impostos em virtude dos mesmos dado á Fazenda Provincial.

Não deixarei, porem, de mencionar aqui que a divida passiva, quasi toda consistente em apolices, que aliás servem para firmar o credito da provincia, não passa a rs. 33:431$147, não comprehendido o resto—16 contos do emprestimo para a compra da casa em que hoje funcciona a Thesouraria Provincial, nem tão pouco o que mandei contrahir para a estrada de Tejucas.

Este emprestimo é de rs. 25:000$000, mas tem de ser effectuado em prestações de 10% chamadas á medida que se tornarem precisas.

Achareis entre os annexos as instrucções que á respeito do mesmo emprestimo dei a Thesouraria Provincial para fim de ser elle pago na conformidade da lei que o auctorisou.

Não entra igualmente em conta quantia alguma relativa a nova casa da Assembléa Provincial, porque ainda não se pagou nenhuma das prestações estipuladas no titulo da compra.

Importa muito ao credito da provincia que em todos os seus orçamentos seja consignada a quantia precisa para o resgate de um certo numero de apolices.

E' deficiente o Regulamento pelo qual se arrecada o imposto de heranças e legados. Além de que elle retarda muito a liquidação e cobrança do imposto, não comprehende este todas as transmissões, á que pode e deve ser applicado, como a herança e legado de uso-fructo, ou consistente em dividas pertencentes a pessoa domiciliada na provincia, e as deixas feitas em segredo ou nas cartas chamadas de consciencia.

Pelo que espero me deis auctorisação para revlê-o.

Tambem o Regulamento pelo qual se procede a cobrança das dividas fiscaes, tem defeitos que devem ser corrigidos.

Os creditos que tenho aberto constão dos actos que por copia juncto aos annexos.

Agricultura.

No empenho, em que estamos de augmentar a renda publica, não posso desviar os olhos das fontes de producção e prescindir de algumas considerações sobre a lavoura da provincia.

Não é mister mostrar a influencia que a lavoura exerce na riqueza das nações, nem tão pouco encarecer a necesssidade que todos os governos tém de auxiliar o seu desenvolvimento.

E' ella que nos dá o pão que comemos e os estofos que vestimos. E' ella que produzindo além do preciso para as necessidades da vida, origina as accumulações e reservas, com que emprehendemos melhoramentos materiaes, curamos da educação da mocidade, satisfazemos o prazer do fausto e do luxo e promovemos todos os commodos e gozos inherentes ao estado de civilisação.

No Brasil, onde por ora poucas industrias existem, é a agricultura o maior manancial da riqueza e felicidade publica.

E para a provincia de Santa Catharina tanto mais palpitante parece a necessidade, a que me refiro, quanto é certo que nenhuma outra fonte de renda proporciona recursos ao Governo e aos homens.

Entretanto a lavoura da provincia arrasta vida que inspira cuidado, e nenhuma tendencia manifesta para acompanhar o progresso da epocha.

Limita-se a classe agricola a produzir um effeito (a farinha) que encontra similar em toda a parte e devido as leis da concurrencia não compensa os esforços do lavrador senão em quadras anormaes; como a que tem ultimamente atravessado as provincias do norte.

E para que mais se aggrave o mal d'ahi procedente dá-se a circumstancia de ser esse mesmo, pouco rendoso genero, devido a processos rotineiros e praeticas totalmente improprias do homem moderno o que muito diminue a sua producção.

Fóra d'aqui não se comprehende como com tantas colonias a exportação da provincia suba a pouco mais de 1:000 contos.

E todavia essa é a realidade por todos conhecida o que certamente faz crer a não serem as mesmas colonias, nenhuma exportação haveria ou tudo seria pouco para a subsistancia dos proprios productores.

Semelhante situação não pode nem deve subsistir sob pena de renunciar a provincia o seo futuro, ou desconhecer que o futuro dos povos, como o dos homens não se realisa por encanto, mas á custa de pacientes e reiterados esforços.

Convicto d'estas verdades desde que aqui cheguei, tenho cogitado no meio de arrancar a lavoura ao abatimento, em que se acha, sem com tudo nada conseguir, por ser esse problema complexo, de tardia resolução e superior a qualquer empenho que eu possa fazer.

Lamentando, pois, nenhuma nova poder communicar-vos, contento-me com a indicação de algumas medidas que reputo efficazes, na certeza de que supprireis sua deficiencia com outras e fareis quanto o vosso patriotismo dictar em ordem a ser ensaiado o primeiro passo da reforma que a lavoura reclama.

Tracto de receber o patrimonio concedido a provincia pela Lei Nº 514 de 28 de Outubro de 1848 que até hoje não lhe foi entregue e procuro propagar uma ideia que a ser abraçada e advogada por todos, dentro de pouco dará outra face a esta provincia a cultura do café.

De posse do seo patrimonio affigura-se-me poder a provincia fixar o elle, alguns milhares de individuoś, que explorem e cultivem no sentido que melhor parecer.

Augmentada a plantação do café, que já produz e de superior qualidade, para exportar cerca de 1400 kilogrammas por anno, tenho firme esperança de que a provincia de Santa Catharina, sabendo aproveitar os proximos mercados que lhe offerecem os povos do Prata, entrará n'uma era de prosperidade relativamente igual a que desfructão as provincias do Rio de Janeiro, S. Paulo e Minas.

Para receber o patrimonio da provincia dirigi-me ao Governo Imperial, pedindo-lhe me auctorise a tiral-o das terras que se demarcarem no Araranguá para S S. A A. Imperiaes, e que por elles foram regeitadas.

No intuito de generalisar a plantação do cafe dirigi-me ás camaras municipaes dos lugares a ella appropriados chamando a attenção das mesmas para tão importante fonte de riqueza, e vou distribuir por toda a provincia um excellente trabalho recebido do Governo geral, sobre essas bagas de ouro, que fiz verter do hespanhol pelo illustrado Dr. Alexandre Marcellino Bayma e que dá todas as instrucções necessarias aquem se propuzer esse genero de cultura.

Acerca do patrimonio occorre um embaraço, com que não contava: a colonia Azambuja reclama para si grande parte do terreno que eu pedi para a provincia visto como segundo me informa o seo digno Director, é esse o unico lado para que pode ella se alargar. Mas essa pretenção não me leva toda a esperança que tenho de empossar á provincia do seo patrimonio. Dada a auctorisação [do Governo tomarei conta da area que for possivel medir sem prejuizo da colonia, e pedirei que se complete a doação com terras sitas em outro lugar para o que tracto já de colher as precisas informações. Na occasião apenas posso dizer-vos que proximo ao terreno regeitado por SS. AA. existe outro que posto não esteja demarcado —uma das vantagens do primeiro— é todavia excellente para o fim proposto.

Quanto a cultura do café começado como se acha o curso da ideia, desvaneço-me de crer que ella não deixará de triumphar, se decretardes alguma medida que sirva de estimulo aos animos irresolutos e timidos. Eu ligo a este genero de cultura uma tal importancia que não duvido propor-vos, alem de quaesquer outros auxilios um razoavel premio para todo o nacional ou estrangeiro que dotar a provincia com uma certa area plantada de café. A provincia não pode subvencionar nem garantir juros a grandes emprezas. Que ao menos tente por meios indirectos o que outras mais felizes fazem directamente.

A solicitude com que olho para o grande interesse de que me occupo obriga-me a dizer-vos ainda o seguinte.

Convem diffundir instrucção adequada as necessidades da vida agricola. Se não tractei de fazer esse serviço na conformidade da lei nº 768 de 21 de Maio de 1875, é porque falleceram-me os meios. Alem de que o meo governo tem disposto de poucos recursos accresce não ser aquella lei tão providente como fôra para desejar. A chacara do Atheneo que ella destinou para escola agricola não se presta para esse fim por estar encravada na cidade e carecer de outras condições sem as quaes a ideia teria mau exito. Demais algumas lacunas escaparam aos vossos antecessores que antes de tudo cumpre supprir. Chamando, pois, a vossa attenção para a dicta lei espero que a retoqueis de modo a tornar se exequivel.

Outra cousa que muito poderá influir na sorte dos lavradores e por tanto na de toda a provincia é a creação de um banco ao mesmo tempo commercial e agricola que forneça capitaes ao commercio e a lavoura.

Não vos será possivel no exercicio das vossa attribuições favorecer a realisação d'esta necessidadade mas entendi, não obstante isso, expol-a porque fóra d'a qui mesmo a vossa palavra pode contribuir para tão grande melhoramento.

Finalmente não posso deixar sem reparo o systema de cultura em uso na provincia.

A lavoura segue ainda a rotina que devasta as mattas, e obriga o lavrador a frequentes mudanças.

A cultura extensiva ou transhumante, se é um mal para os proprios povos que tem grandes territorios, visto como produz menos que a intensiva, e seus effeitos não são iguaes aos d'esta, é de todo inadmissivel n'aquelles que possuem areas limitadas como o d'esta provincia. Estou que a provincia de Santa Catharina tem na pequenez do seu territorio a inestimavel vantagem de não conhecer grandes distancias, e assim melhor poder dispôr dos elementos de prosperidade que lhe offerecem suas minas, seus rios, suas florestas, seus campos e seu clima, desde que fôr habitado por maior população. Mas se seus filhos querem reservar-lhe esse futuro, não continuem a derribar as mattas que possuem. Alèm de que a cultura votada á essa fáina é menos proveitosa e grata que a fixa em um só lugar, consome o fogo riquezas, que devem ser conservadas, e trabalha o homem para espalhar ruinas e destruir creações naturaes de incalculavel influencia nas condições climatericas e nas veias d'agua que refrescão a terra.

Da iniciativa d'esta Camara muito depende a reforma de habitos tão funestos. Que dispenseis ao assumpto a reflexão que elle merece, e possais oppôr ao mal o preciso paradeiro, é o que desejo e espero da vossa illustração e do vosso civismo.

Fecharei o presente artigo com duas communicações, que creio vos serão agradaveis.

Informado de que na colonia Angelina ha terrenos apropriados ao cultivo da vinha, chamei para isso a attenção do respectivo Director, por occasião de enviar-lhe alguns colonos affeitos a esse trabalho, e a esta hora já posso dizer-vos que alentados pela maior esperança procurão os mesmos colonos iniciar ali essa nova industria.

Das colonias Itajahy e Arambuja recebi, com destino ao Governo Geral, requerimentos em que grande numero de colonos pedem mudas de amoreira para augmentar a plantação que já têm d'esse precioso vegetal, com que mais tarde esperão se dar a industria sericicola.

Crente de que tambem esta industria pode vingar na provincia e concorrer para a sua felicidade, visto que os peticionarios declarão-se avezados n'ella, e representão o Capital moral que nenhuma industria dispensa, acolhi com prazer taes requerimentos, e enviei-os ao Governo com a melhor informação que pude ministrar. Estou certo de que o Governo Imperial, sempre solicito em promover o bem da nação, não será surdo a esse reclamo, mais virá em auxilio da provincia com o concurso que esta lhe pede.

Commercio.

O quadro que achareis entre os annexos dos productos exportados pela provincia, no ultimo exercicio apresenta o seguinte resultado:

Valores exportados:

Para dentro do Imperio . . . . Rs. 2,668:028$023

Para fóra do paiz . . . . Rs. 421:448$622

Total 3,089:476$645

Direitos cobrados pelo Consulado:

Sobre a primeira importancia. . . . . 142:581$002

Sobre a segunda. . . . . 16:019$790

Da importação, que como sabeis não se effectua só pela Alfandega da capital, pois muito generos já despachados na Côrte entrão pelos portos de Itajahy, S. Francisco e Laguna, apenas vos posso dizer que os valores de que dá conta aquella repartição por commercio directo e de cabotagem sobem a 2,964:501$547 Rs. no exercicio de 1878-1879, e 2:314:342$431 rs. no exercicio de 1877-1878.

E entretanto fóra de duvida que a provincia importa mais do que exporta, pois do valor exportado, segundo o quadro a que me refiro, deve-se deduzir a parte motivada pelo extraordinario facto da secca do Norte, a qual excede a 1:500 contos, o que reduz a exportação a cifra muitissimo inferior a importancia dos productos estrangeiros consumidos pela provincia.

Debaixo d'este ponto de vista ninguem desconhecerá que bem precario ainda é o commercio da provincia.

Mas outro ha que o apresenta em melhores condições, e por isso me apresso em dizer-vos.

E que a renda da Alfandega tem augmentado bastante nos trez ultimos exercicios. E a sua lotação, feita em Agosto de 1876, de 280 contos de réis.

Mas a renda de 1876-1877 subiu a 336:545$416 réis, e a de 1877-1878 importou em 348:441$263 réis, ambas maiores que a de 1875-1876, no total de 272:312$413 rs., o que dá uma media de 319, ou 39 contos mais que a lotação

As informações que tenho á vista dizem ainda que o 1º semestre de 1878-1879, exercicio ainda não expurgado de annullações, deu cerca de 200 contos, e o periodo de Julho a Novembro do actual exercicio produziu uma arrecadação de 178.

Pòde o que acabo de dizer provir de uma das seguintes circumstancias: haver mais recursos na provincia, ou tender ella para alargar suas relações com os mercados europeus, e prescindir dos intermediarios que actualmente a fornecem de tudo.

Mas, seja como fôr, merece o facto ser registrado, e eu o registro com prazer.

Estradas.

Toco n'este assumpto sem encarecer a sua importancia, por que nada poderia dizer que não esteja na vossa esclarecida consciencia.

Limitar-me-hei portanto a vos dar conta do que fiz e deixei de fazer para que me habiliteis a remover os obstaculos que não pude superar, congratulando-me antes com a provincia pela fundada esperança que hoje nutro em relação a estrada, pela qual deseja ligar-se ao Rio Grande do Sul.

De todos os pontos chegão a minha presença pedidos de estradas e concertos de estradas os quaes além de provar que a viação publica é uma das maiores necessidades da provincia, bem demonstrão quanto os povos tomão a peito o seo progresso.

Em 16 de Junho auctorisei a fazer-se o melhoramento de que necessitava a estrada do morro do retiro, na freguesia da Lagôa.

Por officio de 5 de julho auctorisei o engenheiro Schlappal a fazer a reabertura da estrada que segue para os campos de Lages pela serra do Maruhy.

Por officio de 8 de Julho auctorisei o concerto da estrada existente entre Coritibanos e Passa Dous.

Por officios de 21 e 24 de Julho e 27 de Novembro approvei os contractos celebrados pela commissão encarregada dos concertos da estrada de Lages para concertar-se a mesma estrada nos lugares constantes do relatorio juncto aos annexos.

Além d'isso mandei que o engenheiro da provincia proceda a exame, e faça o orçamento dos concertos reclamados pela estrada do Biguassú em direcção a Colonia Angelina, sobre o que tive representação dos habitantes d'aquelle lugar.

Da auctorisação, que ao Governo deu a Lei nº 814 de 20 de abril de 1876 para contrahir um emprestimo de cem contos de reis destinado a melhorar a viação publica, só me servi para construir uma estrada que ligue a villa de Tejucas ao nucleo colonial *Nova Trento* da Colonia Itajahy.

D'esta estrada vos fallo nos artigos *Colonisação* e *Fazenda Prov ncial*.

Seria conv niente revor-se essa lei afim de se lhe dar maior amplitude, não esquecida a estrada de Lages, que como sabeis é a de maior e mais urgente necessidade.

Entre as medidas, que me parecem mais proveitosas, permitti que aponte as seguintes:

Pedagio annualmente arrematado por quem mais der sobre o transito das estradas abertas ou concertadas em virtude do emprestimo.

Toda a importancia do pedagio applicada aos encargos da amortisação e juros do emprestimo.

Viação melhorada de conformidade com plano previamente estabelecido e approvado pelo governo, segundo a maior ou menor necessidade dos povos.

Estradas confiadas á pessoal intelligente e apto para cuidar da sua conversação sob as vistas do engenheiro da provincia, obrigado este a fazer-lhes frequentes visitas.

A'este respeito externo ainda as seguintes ideias filhas da reflexão que me tem imposto o assumpto.

Qualquer que seja o plano adoptado creio não poder a provincia prescindir de um caminho, que emancipe Coritibanos de Lages, pondo aquella comarca em directa communicação com esta capital.

Na emissão deste asserto, ao meu ver muito exequivel, bifurcando-se no lugar proprio a estrada de Lages, não miro unicamente o interesse de reduzir-se a distancia que separa Coritibanos da Capital, e assim estreitar-se o laço das relações commerciaes e administrativas, que prendem um ao outro lugar. Ao commercio dos habitantes dos campos Novos e de Palmas, que por um plano abortado já se tentou chamar a provincia, abre-se uma porta que para esta será de grandes vantagens. Além do que, se o povo de Coritibanos e todos quantos esse lugar pode attrahir hão de ser encaminhados à Blumenau pela estrada que o governo Geral principiou a construir, mais proveitoso para a provincia é desviar d'ahi esse commercio, e fazer d'esta cidade o entreposto das respectivas relações.

Tenho por fóra de duvida nem só que o mercado aqui será sempre mais favoravel á todos os negocios, como que a capital terá muito a lucrar com o mesmo commercio. Isso não levando em conta a necessidade que para muita gente pode ser imprescindivel de effectuar segundo transporte de Blumenau á Capital que á certos respeitos, e em todos os tempos, exercerá preponderante influencia nos destinos de toda a provincia. Se levar mos em conta esta circumstancia ninguem hesitará em acquiescer a minha proposta. Melhor é fazer o viajante uma só viagem de que as duas que muitas vezes serão forçosas.

Não passarei adiante sem consagrar especiaes considerações á tão fallada estrada de Lages, até hoje em projecto, não obstante a auctorisação da Lei nº 692 de 31 de Julho de 1873.

Graças a solicitude da commissão encarregada de concertar a estrada de Lages, e ao imposto destinado para esse serviço, está ella muit> melhor do que era ha um anno, e é de crer que em breve seja em toda a sua extenção percorrida sem levantar os ciamores que tem suscitado.

Não sendo, pórem, isso tudo quanto pede a provincia á bem dos interesses vinculados naquella comarca, espero que tomeis em particular consideração a abertura da estrada que preoccupa todos os espiritos amantes do progsesso provincial.

Parece-me que se pode conseguir esse grande *desideratum* por meio de uma empreza, a que proporcione o governo os seguintes interesses:

Garantia de juro pago pelo pedagio a que o transito é sujeito, supprida a falta pelo cofre provincial até o maximo do juro fixado.

Augmento das taxas cobradas á medida que as diversas socções da estrada forem entregues ao publico.

Amortisação lenta do capital empregado afim de que, decorrido certo numero de annos, passe a estrada a pertencer á provincia.

Vós julgareis se este pensamento é exequivel, só me cumprindo accrescentar que, seja ou não seja, nenhum'inconveniente descubro na auctorisação de uma empreza nas bases que proponho, ou em quasquer outras que vos parecerem melhores.

A unica circumstancia que póde influir no retrahimento dos capitalistas é a possibilidade de não ser pago o juro garantido pela provincia.

Mas esse receio talvez se desvaneça com a certeza, que reputo infallivel, de augmentar o transito, e por tanto a renda da estrada, desde que esta o facilite, sobre tudo se a mesma empreza se propuzer a estrada de Coritibanos, e assim dominar as communicações de dous municipios ricos e populosos.

Pontes.

Outra difficuldade que impede os transportes da provincia, e por tanto influe muito na deficiencia de suas rendas, é a falta de pontes em todos os lugares onde ellas se tornão precisas.

Pelo que tanto quanto á respeito de estradas é grande o clamor levantado por esta necessidade.

No empenho em que tenho estado de facilitar as communicações por modo a poderem todos os productores dar prompta sahida aos seos effeitos quizera attender aos constantes reclamos n'esse sentido chegados a minha presença, mas forçoso foi limitar o beneficio a poucos lugares, visto como assim prescrevião as circumstancias do erario provincial.

Os meos actos a esse respeito são o seguintes:

Em data de 30 de Maio mandei entregar á Camara Municipal da Laguna a quantia de 500$000 réis para concertos de que necessita a ponte da estrada geral na freguesia do Mirim.

Em 5 de Julho mandei entregar á Camara Municipal de S. José a quantia de 150$000 réis como auxilio ás obras da ponte de alvenaria sita á rua do passeio n'aquella cidade.

Em 25 de Agosto mandei entregar ao Engenheiro Polydoro Olavo de S. Thiago a quantia de 150$000 réis para fazer os concertos do pontilhão existente no caminho que atravessa o morro do Padre Doutor, na fregusia da Lagôa.

Tendo a Camara Municipal de S. José representado acerca do mau estado em que se achain as pontes existentes na estrada geral que segue do Estreito para o Norte da provincia, encarreguei c engenheiro Polydoro Olavo de S. Thiago de proceder um exame nas referidas pontes o qual apresentou-me o respectivo orçamento na importancia de 2:108$810 réis.

Com informações das Camaras Municipaes farei chegar as vossas mãos o mesmo orçamento.

Obras Publicas.

Tendo vos dado conta de todas os obras publicas feitas e em andamento nos artigos anteriorés, abro a epigraphe supra só para dizer-vos o seguinte:

Além das obras emprehendidas outras podéra tentar de grande utilidade se m'o permittissem os recursos da provincia.

O Engenheiro da porvincia Dr. Polydoro Olavo de S. Thiago, comquanto mal pago e sem direito a nenhuma ajuda de custo quando sahe da capital, desempenha suas funcções com intelligencia, zêlo e probidade que muito folga de reconhecer.

Queixa-se, porém, elle das difficuldades com que procede aos serviços technicos em razão de faltarem-lhe os apparelhos e instrumentos indispensaveis, e não ter um gabinete onde trabalhe.

Tambem a falta de uma pessôa que o ajude, e sob suas vistas execute os trabalhos a que não pode se entregar, é facto contra o qual me tem feito muitas representações,

Se bem que a provincia não possa montar um Gabinete de engenharia capaz de prestar-se a todos os seus fins, e occupar n'elle o preciso pessoal, julgo que alguma cousa se pode fazer n'esse sentido, e tal é a razão porque tracto do assumpto.

A provincia actualmente não tem senão os poucos instrumentos que comprou para as obras do largo do Theatro.

Chamo a vossa attenção para o relatorio que juncto aos annexos afim de saberdes o que ha e o que se deve comprar.

Por não poder o engenheiro da provincia demorar-se em Tejucas o tempo necessario aos estudos da estrada que intento construir entre aquella Villa e o nucleo colonial *Nora Trento* empreguei nos mesmos estudos o engenheiro Joaquim Guilherme de Souza Leitão Maldonado.

—Colonisação—

Continúa este serviço a ser uma das maiores esperanças da provincia.

O Governo Imperial não póde mais applicar-lhe as sommas crescidas que dantes gastava, mas nem assim tem cessado a corrente de immigração a que a provincia deve quasi um terço dos seus habitantes.

No anno findo recebeu ella 1:166 immigrantes, os quaes foram assim distribuidos:

Colonia Azambuja. 664
« Blumenau. . . . . , . . 418
« Itajahy, ... , ... 68
« Angelina. 8
« Luiz Alves. 8

Isso sem fallar dos allemães entrados para a colonia D. Francisca, cujo nº não me é conhecido, mas deve ser consideravel attentas as favoraveis condições da mesma colonia.

Durante a minha administração, nenhum disturbio felizmente houve nos districtos coloniaes, o que muito abona a indole dos colonos e a conducta dos respectivos Directores.

Os colonos dedicão-se com ardôr ao trabalho e folgo muito de dizel-o, não contentes com a producção que já tém, procuram alimentar outras, que promettem grandes vantagens, como a plantação da amoreira e do café, que em quasi todas as colonias merece particular desvelo.

Do que acabo de dizer bem vedes que é satisfactorio o estado moral dos colonos E'certo que houve ultimamente uma grande deserção da colonia Itajahy. Mas esse facto cuja causa não me cumpre explicar aqui, tenha ou não provindo de fundado e justo desgosto, expurgou a colonia do elemento dissolvente representado pelos retirantes, em sua mór parte avidos de cousas impossiveis, de modo que graças á tal defecção o estabelecimento desfruta hoje plena e fecunda paz.

Preciso é porém, que a provincia não se discuide da prole brasileira ahi nascida, a qual está crescendo de modo que não lhe póde ser tão util como fôra pa pa desejar.

Creada em todos os costumes dos seus progenitores vive como que segregada do resto da sociedade, e sem interesse algum na sorte d'esta, pois recusa até aprender o idioma nacional, o que trará grande embaraço para o Governo quando, emancipadas as colonias, tiverem ellas de entrar no regimen commum.

Chamando a vossa attenção para este assumpto, tenho por fim pedir-vos que auctoriseis a creação de algumas escolas nas coloniás, visto que o Governo Geral. á cargo do qual tem estado este serviço não o faz de modo completo, nem é provavel que venha a fazel-o, dispondo, como dispõe, de uma exigua somma para os gastos da colonisação.

Inspirado por estes sentimentos, em data de 3 de Dezembro mandei contractar com o professor Luiz Boos a regencia da escola da colonia Itajahy que, sendo frequentada por grande numero de alumnos tinha, de ser fechada em cumprimento de ordem do Governo Geral, que a custeava.

No que toca ao material das colonias farei tão somente as observações que me parecerem de maior importancia.

Sendo de crer que brevemente se emancipem as colonias Itajahy e Blumenau importa crear já os municipios de que suas sedes podem ser centros afim de se lhes dar a vida propria e independente da cidade de Itajahy que será indispensavel para o seo desenvolvimento e que ellas mesmas não deixarão de exigir como necessidade imposta por seos costumes e seos habitos á parte.

Entre os annexos achareis a indicação ou proposta que n'esse sentido faz o Dr. Blumenau com relação a colonia por elle tão habilmente dirigida.

A colonia Angelina que é nacional e por isso como pelo facto de ser rreação da provincia deve merecer a esta especial amor, insta por um melhoramento que em nome d'ella vos peço. E' uma estrada que dê facil sahida para Biguassú e Tejucas visto como nem todos os colonos podem procurar o mercado de S. José aliás tambem no fim de pessimo caminho. Levei essa necessidade ao conhecimento do Governo Geral á cargo de quem está hoje a colonia, mas sinto dizervos que não tenho esperança de que elle a mande satisfazer.

Prestarieis relevante serviço á nascente fundação da Angelina, bem como aos moradores de Biguassú e Tejucas, se votasseis fundos para melhorar-se a natural communicação que as trez povoações mantem com tanta difficuldade. Central como é a colonia Angelina e prolongando-se muito para o norte através de ingremes montanhas, se os colonos situados n'este extremo à falta de sahida para aquelles lugares tiverem de retroceder ao sul e procurar a estrada de S. José, para vir a este mercado, a lavoura nunca poderá progredir e o estabelecimento forçosamente cahirá em despreso o que será para lamentar-se á vista da feracidade do seo sólo.

A colonia Luiz Alves, mau grado a reconhecida fertilidade de suas terras, difficilmente passará do que é um nucleo de quatro centas e tantas almas em quanto não possuir a projectada estrada do rio do Peixe, por onde descem os colonos com os seus productos para Itajahy.

Mandou o Governo Imperial orçar a construcção d'essa estrada, mas demanda ella quantia superior a 70 contos de réis não sei se elle poderá emprehendel-a.

Tambem ligada a importantes interesses coloniaes, e por isso propria d'este artigo, e a estrada, que acabão de pedir-me os habitantes de Tejucas, para communical-os com a provoação *Nova Trento* da colonia Itajahy.

A vantagem d'esta estrada foi por mim reconhecida quando se deu a repatriação a que acima me referi. Muitos dos retirantes compareceram na minha presença e disseram que uma das causas do seu regresso era disporem mal dos seus

productos na cidade de Itajahy, e não terem recurso á Tejucas senão com difficuldades, que só aquella estrada póde remover. Mas agora da-se um facto que fal-
la bem alto em favor da ideia.

E' a proposta que me fizeram varios negociantes dos dous lugares de emprestar
a provincia a juro de 7% a quantia. de 25 contos de reis para com ella emprehender-se o desejado melhoramento.

Aceita a offerta mesmo porque julguei conveniente animar-se a iniciativa particular, manifestada em tão bello exemplo, mandei pelo Bacharel Joaquim Guilherme de Souza Leitão Maldonado, proceder aos estudos necessarios a construcção
da estrada, e concluidos que sejão elles tractarei da realisação do plano que fôr
adoptado.

Em abono da animação e vida colonial devo ainda registrar que o Engenheiro João de Carvalho Borges Junior acaba de descobrir uma possante jazida de car-
vão de pedra na séde da colonia á seu cargo, e o Engenheiro Antonio Virissimo
de Mattos Junior juncto com outras pessôas, tracta de incorporar uma companhia
que funde um engenho central em Blumenau.

Tambem para a exploração d'aquella mina já recebeu o Governo Imperial proposta de Paulo Schwarzer e outros.

Divido a colonia D. Francisca as cidades de Joinville e S. Francisco promettem
ser importantissimos centro industriaes.

Fabricão-se ali numerosos productos que parecem da Europa, substituem perfeitamente os similares d'essa procedencia.

Juizes Commissarios.

Ha na provincia 7 Juizes Commissarios para procederem a medição, legitimação
e revalidação das posses e sesmarias e são:

Do municipio de S. José— Cyrillo Lopes de Haro.

Dos da Laguna e Tubarão— Engenheiro- Joaquim Vieira Ferreira.

Do de Lages— Constancio Carneiro Barbosa de Brito.

Do de Curitibanos— Caetano José de Souza.

Dos de S. Miguel e Tejucas— Engenheiro Joaquim Guilherme de Souza Leitão
Maldonado, por mim nomeado em data de 28 de Julho.

Do de Itajahy— Joaquim da Silva Santos.

Dos de S. Francisco, Joinville e Paraty— Guilherme Engek

Além d'estes ha mais o Juiz Commissario José Pereira Linhares nomeado em data
de 30 de Agosto, com o fim especial de medir e legitimar as posses e sesmarias
comprehendidas nos terrenos contestados entre esta provincia e a do Paraná.

Ha tambem Juizes Commissarios -ad-hoc nos municipios de Itajahy, Laguna,
Tubarão e S. José, sendo:

Do municipio de Itajahy (colonia d'este nome) o Engenheiro João de Carvalho Borges Junior.

Colonia Luiz Alves o Engenheiro Pedro Luiz Taulois.

Dos municipios da Laguna, Tubarão e S. José— O Engenheiro Carlos Othom Schlappal.

Em 23 de Abril proroguei por dez mezes, a contar de 6 de Julho, o praso marcado ao Juiz Commissario Constancio Carneiro Barboza de Brito para proceder a medição, legitimação e revalidação das possse e sesmarias sujeitas a estas formalidades no municipios de Lages.

Por acto de 13 de Dezembro tambem proroguei por seis mezes, a contar de 20 de Março vindouro o praso marcado ao Juiz Commissario do municipio de Coritibanos, Caetano José de Souza, para proceder as respectivas medições.

Durante a minha administração foram legitimadas 20 posses sendo:

No municipio de S. José–3 com—			20,934,000^m
No	«	do Tubarão–1 com—	2,037,572^{m}575
No	«	de Lages–2 com—	159,720,000^m
No	«	de Coritibanos–8 com—	324,414,060,^{m}74
No	«	de S. Sebastião–3 com—	6,298,225^m,0628
No	«	de Itajahy–1 com—	2,722,277^m,36
No	«	de S. Francisco–2 com—	14,507,773^m,5792

Donde se vê que a area total das posses legitimadas é 109,635,195,23 braças quadradas ou 530,633,909,317 metros quadrados.

Elemento servil.

Tambem deve ser conhecido do corpo legislativo da provincia o numero de escravos e filhos livres de mulher escrava actualmente existentes n'ella. Por isso juncto aos annexos os respectivos quadros.

Não é sem satisfação que vos communico continuar na provincia o seo curso, o movimento abolicionista iniciado pela Lei Nº 2040 de 28 Setembro de 1871.

As ultimas alforrias por conta do fundo de emancipação forão estas:

Municipio da capital	. . . .	8
«	da Laguna	8
«	de S. José	4
«	de Lages	2
«	de S. Francisco	5
«	de Tejucas	5
«	de Itajahy	3
«	de Joinville	3

«	de S. Miguel	3
«	do Tubarão	3
	Total	45

Conclusão

Taes são, senhores deputados, as informações que posso dar-vos nesta occasião. Se de outras precisardes podereis pedil-as na certeza de que vos serão immediatamente ministradas.

A provincia tem muito a esperar do vosso patriotismo e da vossa illustração, e eu confio que correspondereis plenamente á sua justa espectativa.

Quanto a mim se não tenho a ventura de dizer que concorri para o seo adiantamento, dar-me-hei por muito feliz se os bons Catharinenses reconhecerem que para isso não me faltou vontade.

Palacio do Governo da Provincia de Santa Catharina, 2 de Janeiro de 1880.

Antonio de Almeida Oliveira